W0292037

Gallmeister

Nature Writing

LE SIGNAL

Ron Carlson

LE SIGNAL

Roman

Traduit de l'américain
par Sophie Aslanides

Ouvrage traduit avec le concours
du Centre national du Livre

Gallmeister

Titre original :
The Signal

ISBN 978-2-35178-039-8
ISSN 1951-3976

Pour Elaine

JOUR UN

IL ENCHAÎNA LES GRANDES BOUCLES que dessinait la piste à travers la haute forêt de trembles, puis traversa la vaste prairie jusqu'à la lisière des pins, au point de départ du sentier de Cold Creek, et gara le vieux pick-up Chevrolet bleu de son père à côté de la pancarte déglinguée, dans la douce lumière crépusculaire de septembre. Il avait vu juste : il n'y avait aucun autre véhicule. Pas une seule trace de pneus fraîche sur les quinze kilomètres de montée qu'il avait parcourus depuis la grand-route, si ce n'est une paire de pneus doubles qui avaient fait demi-tour à mi-chemin. Ce devait être la remorque à chevaux de Bluebride, venu s'occuper de son bétail la semaine précédente. Mack avait aperçu en montant deux douzaines de bêtes dispersées dans les armoises. Il sortit de son pick-up et attrapa le café qu'il avait acheté en passant à l'épicerie de Crowheart, une heure auparavant ; il était froid. Il contourna le camion, ouvrit le hayon et s'assit, levant enfin les yeux vers l'est, vers les collines du Wyoming qui s'étageaient en larges bandes marron et grises. Il faisait sombre ici, à la lisière de la forêt, mais la lumière se rassemblait de l'autre côté de la planète et il pouvait voir l'horizon doré à deux cent cinquante kilomètres de là. Il voulait voir des phares, mais il n'y en avait pas. Il voulait voir des phares tressauter sur la vieille route et avancer jusqu'à lui à l'heure convenue.

Il voyait bien qu'il avait déjà neigé une fois, la semaine précédente, mais il n'en restait à présent plus la moindre trace, pas de plaques dans l'obscurité profonde, pas de boue dans les ornières. Le paysage était cependant plus blond, la végétation encore debout mais elle avait perdu ses couleurs, elle était plus pâle, comme si elle avait été giflée par la première intempérie de la saison. Mack but une gorgée de son café froid épaissi de crème et scruta la route à la recherche de sa voiture. Elle viendrait ou elle ne viendrait pas, mais il accomplirait quand même sa mission. Il le dit à haute voix :

— Qu'elle vienne ou non, toi, tu y vas quand même.

Il se remit debout et prit la veste polaire marron qu'elle lui avait offerte cinq ans auparavant, et il alla jusqu'au coffre de rangement, sortit son réchaud et l'installa sur le plateau du pick-up, remplit sa vieille casserole d'eau et la posa sur l'anneau de flammes bleues. Il prit son sac à dos sur la banquette avant et s'agenouilla dans l'herbe au pied des arbres pour monter sa vieille tente biplace bleue et grise qui le ramenait vingt ans en arrière. Il avait dû remplacer de nombreux montants plus d'une fois, mais les fermetures à glissière fonctionnaient toujours. Il jeta son tapis de sol et son sac de couchage à l'intérieur puis disposa le petit morceau de moquette miteux sur le sol, près de l'entrée. Il s'était tenu cent fois pieds nus sur ce paillasson improvisé, dans la montagne. C'est parce qu'ils signifiaient quelque chose qu'on transportait certains objets. Il faisait sombre à couvert, mais une fois qu'il fut revenu derrière le pick-up, la lumière du monde retomba sur ses épaules. Il pouvait voir une portion de l'autoroute très loin en contrebas, vers le nord, et les voitures avaient maintenant allumé leurs phares. Il fouilla son sac à la recherche du gadget électronique que Yarnell lui avait donné, le BlackBerry version militaire. Il l'avait enveloppé dans du papier aluminium et rangé dans une petite boîte en plastique. Il inspecta une nouvelle fois le contenu de toutes ses poches, puis il étala son gilet de pêche et vérifia que les neuf poches contenaient bien son matériel au complet. Il refit son sac et y attacha les brins de sa canne à pêche avant de tout reposer sur le siège avant. Il était prêt.

Il sortit sa glacière de rechange – la vieille Coleman métallique verte qui datait de leurs premiers rendez-vous –, s'agenouilla et la poussa sous le camion, derrière la cabine. Ils faisaient toujours ça – laisser une glacière pleine de friandises pour leur retour de randonnée. Il entendait maintenant l'eau bouillir sur son réchaud, et il retourna à l'arrière et jeta un nid de vermicelles dans la casserole, puis un autre. *Si elle ne vient pas, je mangerai double ration et je dormirai comme un ours.* Il s'éloigna pour uriner dans la prairie et alluma un de ses cigarillos bon marché à bout en bois avec le briquet de son père, un Zippo qui avait fait deux fois le tour du monde dans la poche de son paternel, à bord de navires de transports de troupes. Mack n'avait pas peur. Il avait déjà été mal à l'aise et soucieux et effrayé et épuisé et presque anéanti, et il connaissait ces sensations, mais il avait maintenant sa propre manière de faire d'abord une chose, puis une autre, et cela le préservait de la débâcle. Si elle avait quitté Jackson avant 16 heures, elle n'allait pas tarder à arriver. Si elle n'avait pas quitté Jackson… eh bien, tant pis.

Un mois auparavant, elle était descendue jusqu'à la prison du comté, où il n'y avait pas de parloir, et Zeff Minatas l'avait accompagnée jusqu'à la pièce où l'on prenait le café et les avait laissés discuter vingt minutes. Il n'arrivait pas à la regarder et, au bout d'une minute entière, elle avait dit doucement :

— Eh bien…

Il lui fallut trois tentatives pour dépasser le stade des murmures et parvenir à dire :

— Tu parles ! Maintenant, je suis au fond du trou.

Chaque larme lui coûtait, mais il n'avait pas le souffle de les retenir. Il ne s'était pas retrouvé dans la même pièce qu'elle de toute l'année et maintenant le silence qui lui emplissait le cœur le brûlait à nouveau.

— Tu vas t'en sortir.

— D'une façon ou d'une autre, répondit-il.

Il parlait les yeux baissés, s'adressait à la table.

— Tu as une sale mine, dit-elle. Tu as perdu du poids.

— Ouais, eh bien… Je suis vraiment à bout.

Ce fut tout ce qu'il parvint à articuler et il se tut.

Zeff entra avec deux gobelets en polystyrène, il déboucha sa thermos Stanley personnelle et les remplit de café fumant.

— Il y a déjà de la crème, leur fit-il remarquer.

Après qu'il eut rebouché sa thermos et fut sorti, Vonnie dit :

— Est-ce que je dois m'inquiéter ?

Sa voix ouvrit une brèche en lui, chacun de ses mots. Il pouvait secouer la tête, et c'est ce qu'il fit.

— Oui. Je suis inquiète. Écoute, Mack. Ça va aller. Les choses vont s'arranger.

— Honte.

— Quoi ?

— Je suis une honte.

Maintenant, elle lisait en lui.

— Tu es tombé si bas ?

Il ne pouvait pas parler.

— Quand tu vas sortir, mercredi, tu vas pouvoir t'organiser ? De quoi as-tu besoin ? Quelqu'un vient te chercher ?

Ses questions pleines de sollicitude le submergeaient. Il pouvait encore, à la limite, faire face à la perte de son amour-propre mais il ne pouvait affronter sa compassion. Quand elle posa la main sur son poignet, le choc le secoua tout entier.

— Chester va venir me chercher.

— C'est un bon ami. Pars pêcher une semaine. Ça va aller.

— Impossible.

Alors elle se pencha vers lui et colla ses lèvres au sommet de sa tête :

— Mack, ne te laisse pas abattre. Tu es quelqu'un de bien, au fond.

Les larmes redoublèrent et dégoulinèrent sur la manche de sa chemise de prisonnier.

Elle poussa son café jusqu'à ce que le gobelet vienne toucher ses doigts entrelacés.

— Tiens, dit-elle. Bois ça. Rappelle-toi ta doctrine en matière de café…

C'était une de leurs vieilles plaisanteries, mais il était incapable de réagir.

— Viens me retrouver, poursuivit-elle. Tu peux bien faire ça, non ? On fera notre dernière excursion ensemble le mois prochain. Viens me retrouver et nous irons pêcher à Clark Lake une dernière fois.

Cela fit tant bien que mal entrer de l'air dans sa poitrine et il répondit doucement :

— C'est d'accord.

Il leva les yeux vers son visage, tout d'inquiétude et de gravité. Il ouvrit et referma ses doigts autour du petit gobelet blanc.

— J'y serai. Au départ du sentier de Cold Creek.

Il y était venu dix fois ; c'était la dixième. Chaque année le même jour, celui des ides de septembre, le quinze du mois. Ils s'étaient fait cette promesse la première fois et ils l'avaient respectée neuf fois ensuite. *On fera ça chaque année.* Ils n'étaient pas mariés la première fois, puis les huit fois suivantes ils l'avaient été, et cette fois ils ne l'étaient pas, à nouveau. Pour autant qu'il sache. Les lettres de l'avocat – il y en avait cinq – étaient rangées, intactes, dans un compartiment du bureau à cylindre de son père, dans la cabane où Mack vivait sur les terres du ranch familial, au sud de Woodrow ; des enveloppes dorées portant l'adresse de l'expéditeur, aussi jolies que des faire-part de mariage.

Il se sentait mieux ce soir, fort pour une raison ou pour une autre, mais il n'avait cessé d'aller mieux depuis qu'il avait quitté la prison, vingt jours auparavant. Cela aurait pu être tellement pire. Il avait enchaîné les comportements de bas étage pendant presque un an, à courir après l'argent, à franchir la ligne rouge quand ça lui rapportait quelque chose, à boire trop parce que cela n'avait aucune importance et que les gens qu'il fréquentait buvaient. Il avait des ennuis avec l'emprunt pour le ranch, et plus d'une fois il avait convoyé des voitures jusqu'à Cheyenne et Rock Springs sans demander ce qu'il y avait dans le coffre, se contentant d'empocher les mille dollars et de tourner les talons. Il s'était comporté comme un idiot et, quand le vent avait tourné, il avait complètement perdu les pédales. En y repensant, il hochait la tête avec effarement. C'était comme dans la vieille chanson. Il s'était égaré et, maintenant, il s'était retrouvé, même s'il n'y avait plus grand-chose à retrouver. Il savait que cette excursion était la bonne chose à faire et il s'était même senti assez bien pour l'appeler et la libérer de son engagement. La semaine dernière, il lui avait laissé un message pour lui dire que ce n'était pas grave si elle n'arrivait pas à venir, et qu'il avait apprécié son aide. Il savait où il y avait des poissons. Il ne voulait pas de compassion, il n'en avait pas besoin, mais – lui dit-il – il partirait bien à la pêche à l'heure prévue.

Il avait rencontré Vonnie quand ils avaient tous les deux dix-sept ans, et il ne l'avait pas aimée tout de suite parce qu'il s'était fixé comme règle de ne pas aimer les gens qui venaient au ranch, les familles de Grosse Pointe et Greenwich et Manhattan et Princeton et dix autres régions de rupins dans leurs belles chemises de flanelle et leurs Levi's neufs. Il les traitait bien et veillait à leur sécurité quand ils s'approchaient des chevaux, et il leur apprenait ce qu'il pouvait sur le ranch, les nœuds de sécurité, les consignes d'incendie, les oiseaux, les serpents, les ours occasionnels. Il les emmenait sur les pistes de Big Springs et de Rocktree, mais il ne les amenait jamais ici. Il leur enviait leur matériel, leurs bottes rutilantes, leurs splendides canifs à manche en os, mais il n'en avait jamais volé aucun. Il était silencieux et connu pour cela, ce n'était pas affecté ; il avait appris que c'était pour lui la meilleure manière de garder un peu de pouvoir. Après le décès de sa mère, emportée par un cancer, son père et le gestionnaire du ranch, Sawyer Day, avaient saisi la gravité de leur situation financière, et ils avaient commencé à accueillir des hôtes dix semaines chaque été. Ils avaient besoin de l'argent. Ils embauchèrent une cuisinière fantastique, une femme originaire de Logan, en Utah, qui s'appelait Amarantha et qui préparait des tables comme il n'en avait jamais vu. Pendant cette période-là, le ranch paya ses factures. La réputation de Box Creek s'étendit et ils firent le plein toutes ces années : vingt-quatre personnes chaque semaine, et Mack grandit entouré de visiteurs à partir de l'âge de dix ans, répondant toujours aux mêmes questions sur les fers à cheval et le foin, et est-ce que je peux donner une pomme à ce cheval sans qu'il me morde. Un cheval dans un ranch à touristes mange beaucoup de pommes. La famille de Vonnie venait de Chapel Hill, où sa mère était professeur de sciences politiques, et il lui attribuait le même cheval chaque année, Rusty, un rouan complaisant dont le pelage prenait une couleur dorée une fois par jour si le soleil était de la partie. Vonnie était sportive, elle jouait au football à l'université, mais Mack – comme il le faisait avec tous les hôtes – l'évitait sans difficulté. Il arrivait souvent que des histoires d'amour ou des débuts d'intrigues se nouent entre les pensionnaires, et Mack avait beaucoup de travail à panser les chevaux à la fin de la journée pendant que tout le monde se douchait dans la grande maison et les deux cottages avant de faire la queue devant le splendide buffet d'Amarantha.

Son père lui avait aussi parlé à la fin du troisième été. C'était évident, à la manière dont les gamins traînaient près de la barrière pendant que Mack ferrait un cheval ou inspectait son harnachement. Ils le suivaient partout, les garçons et les filles, et ils voulaient en apprendre plus sur lui.

Son père le fit venir dans la grande maison et ils s'assirent dans le petit bureau de devant que Sawyer Day utilisait deux jours par semaine quand il venait faire les comptes. Son père fit pivoter le fauteuil en chêne vers Mack et ils parlèrent. La pièce était tapissée d'étagères en pin verni qui ployaient sous le poids des livres, toute la collection de son père de Zane Grey et de Jack London, de livres d'histoire sur l'Ouest, et des rouleaux de cartes dans un vieux porte-parapluie en zinc.

— Ces gamins t'admirent, dit son père.

— Je ne sais pas.

Il s'assit sur le coussin de cuir foncé, un prie-dieu qui avait depuis longtemps perdu sa chaise.

— Si, tu le sais. Et c'est normal qu'ils t'admirent. Tu es un bon ouvrier ; ils ne sont pas habitués à ça. Tout ce qu'ils ont, c'est leur voiture et le bal de fin d'année. Pour eux, tu es exotique, Mack.

— OK, fit le garçon.

— Mais ce que nous représentons pour ces gens est une espèce de cliché. Ils viennent jusqu'ici pour y goûter et tout le monde s'y retrouve. Mais ces filles, certaines d'entre elles, vont tomber amoureuses de toi, le cow-boy grand et fort. (Son père tapota le genou de Mack de ses deux doigts.) Allez, regarde-moi donc. Je sais que tu es un bon garçon. Certaines de ces filles de New York font même du gringue à ton vieux père, une petite aventure d'une semaine au fin fond de l'Ouest. Tu veux devenir un cliché ?

— Non, Père, pas du tout.

— Tu as besoin que je te rappelle l'histoire de Sheridan, le cheval de course ?

— Non, Père, s'il te plaît.

Son père sourit.

— Tu t'es remis de cette leçon ?

Il avait emmené son fils voir Sheridan, leur unique pur-sang, à la saillie quand Mack avait neuf ans.

— Non, Père, dit Mack avec sincérité. Personne ne le pourrait. (Mack poursuivit en répétant ce que son père avait dit ce jour-là :) Un grand garçon comme moi n'a plus l'âge des histoires de roses et de choux.

— Bon. Donc pas question de devenir des clichés. Voilà. J'imagine que tu sais comment faire. Bavarde avec ces gamins, parle d'équitation, de chevaux, du temps, et puis envoie-les dîner. Ne va pas te promener avec eux, ne les laisse pas approcher de la cabane. Regarde-moi, dans les yeux. Je sais que tu sais comment faire. Je ne veux pas que cette affaire que nous avons lancée te cause du tort, mon garçon. Je t'aime, et j'aime cet endroit. Tu le sais, n'est-ce pas ?

— Oui, Père, je le sais.

— Montre-moi tes mains.

Mack se pencha, tendit ses mains, puis les retourna. Ils avaient toujours fait ça, se montrer leurs mains. Son père les examina en détail : les ongles, les cuticules, les jointures, les paumes. Un bon employé de ranch se distinguait par le nombre de marques – moins il y en avait, meilleur il était –, et avec les années les mains de Mack avaient embelli. Son père serra les mains de son fils entre les siennes et dit :

— Bon, ça suffit. Ça fait beaucoup de paroles pour cette vieille maison. Vas-y, retourne travailler.

Et il s'acquittait des tâches qui faisaient les longues journées du ranch. Le jeudi soir, il se chargeait de la soirée organisée autour du feu de camp, avec ses biscuits au chocolat et puis l'histoire qui donnait la chair de poule. Il avait commencé quand il avait treize ans l'histoire dont il avait entendu une partie de la bouche de son propre père, l'histoire d'Hiram, au cœur brisé et à moitié fou, qui errait encore dans les bois par ici, vivait dans des arbres creux et suivait les campeurs à la recherche d'un cœur qui bat. La nuit, quand les feux de camp des pêcheurs n'étaient plus que des braises mourantes, Hiram se glissait dans leur campement, se faufilait dans leur tente et posait sa tête sur la poitrine des dormeurs pour essayer d'entendre à nouveau un battement de cœur. Le sien s'était arrêté il y avait bien longtemps. Mack laissait le grand feu faiblir et s'écrouler, et il baissait la voix en avançant dans son récit. Le cœur d'Hiram avait été brisé par son unique grand amour, une nuit où il était venu lui rendre visite et l'avait surprise, par la fenêtre éclairée, dans les bras d'un autre homme.

— C'était un pêcheur ? demandait un gamin.

— Pas un bon, répondait Mack, mais peut-être bien. Et Hiram a tourné les talons et s'est enfui loin de cet endroit, dans les bois, ces bois-ci, pour toujours.

La moitié des enfants étaient déjà en pyjama et robe de chambre, assis sur leur chaise en toile, les genoux repliés et serrés entre leurs bras, écoutant attentivement. Ils avaient tous entendu parler d'Hiram la semaine précédente, ou l'été précédent, et sa légende faisait désormais partie de la tradition du ranch de Box Creek. Mack tendait la main, les doigts repliés comme une serre, et expliquait qu'Hiram ne voulait qu'un contact humain.

— Sa solitude était plus grande que le Wyoming. Il voulait seulement entendre un battement de cœur. Mais on se trompait sur son compte et on le traitait de cannibale, alors que cela n'a jamais été prouvé.

— Moi, je crois que c'était un cannibale, disait un gamin. Il mangeait les campeurs, il les faisait cuire sur le feu. Ils ne sont jamais revenus.

Mack laissait planer le silence après cette remarque.

— Il est là, quelque part, reprenait-il en désignant le cercle de ténèbres tout autour d'eux. Et maintenant, nous savons avec certitude qu'il est incompris.

Si les enfants avaient trop peur, ce qui précisément les motivait à venir toutes les semaines, Mack faisait machine arrière et racontait l'enfance d'Hiram, quand il travaillait avec les oies sauvages et se rendait dans des villes où il ne se plaisait pas. Puis, une fois la soirée bien avancée, Mack se levait, remuait le feu et tandis que les braises crépitaient, il ajoutait :

— Hiram cherche à entendre un cœur qui bat. Entendez-vous votre cœur qui bat ?

Dans la nuit résonnaient le silence et le craquement du feu.

— Maintenant, filez ! Demain, on monte à cheval et je ne veux pas que vous vous endormiez sur vos selles.

C'était un de ses moments préférés, quand il regardait les jeunes détaler vers les porches éclairés. Ils essayaient de ne pas courir, mais parfois ils couraient. Le ranch était son premier amour et il l'aimait nuit et jour.

Puis vint le second.

L'année de ses dix-sept ans, Mack conduisit la randonnée hebdomadaire vers les crêtes avec tous les gamins, neuf cavaliers s'égrenant sur le sentier sinueux entre les trembles qui menait jusqu'au sommet de la montagne. Il montait son cheval, Copper Bob, le chef de file. Sur le bord du chemin, il y avait deux vieilles cabanes en rondins effondrées et dépourvues de toit, de jeunes arbres poussaient entre les poutres brisées de la toiture. Ils s'arrêtaient toujours à cet endroit pour prendre des photos spectaculaires où certains faisaient semblant de frapper à la porte ou d'épier par les fenêtres disloquées. Parfois, ils creusaient ici et là à la recherche de vieilles canettes ou bouteilles, et ils inventaient des histoires sur les hommes solitaires qui vivaient là avec leur chien et passaient l'hiver à jouer aux cartes. L'un des cavaliers disait toujours : Peut-être qu'il vivait ici, Hiram, et Mack expliquait qu'il ne dormait jamais deux fois au même endroit. Son errance était sans fin, il n'avait pas de foyer.

Les cabanes inspiraient toujours une certaine gravité à Mack, parce qu'il savait à quel point la vie y avait été dure. Au fur et à mesure des années, il avait trouvé dans ces endroits des flacons de médicaments violets et des boucles d'éperons qu'il avait gardés. Vonnie était bonne cavalière et Rusty la connaissait ; ils aimaient mener le groupe à travers l'ombre sombre des arbres. Les chevaux montaient tranquillement les pentes couvertes d'herbe et parsemées de fleurs sauvages, le long du vague chemin qu'ils avaient parcouru des centaines de fois, leur queue se balançant en silence au rythme de leur pas. Mack regardait la fille légère sur sa selle, en tête du cortège. C'était le cœur vital de l'existence de Mack, tous ces magnifiques animaux parfaitement harnachés emportant à chaque soubresaut les enfants un peu plus loin de chez eux qu'ils n'étaient jamais allés.

Mack aperçut une ombre sur la colline et il sut en une seconde de quoi il retournait. De son poste, en queue de peloton, il se redressa et tira sur ses rênes. Quand l'ours apparut dans les hautes herbes d'été, au sommet du vallon, Mack crut le voir se frotter les yeux comme un humain qui manifesterait son étonnement. C'était un ours noir somptueux et il ne se dressa pas, il n'avait pas l'air inquiet. Sans bouger, il regarda dans les yeux le premier cheval. Mack avait connu des moments similaires et généralement, quelque chose de surprenant se produisait très rapidement dans la précipitation des événements. Rusty s'arrêta net, sans se cabrer, mais Vonnie passa par-dessus sa selle et tomba. Mack sentit quelque chose s'ouvrir en lui. Tous les chevaux s'arrêtèrent, ils avaient l'expérience. Mack savait que lorsque Rusty ferait demi-tour sans cavalier, tous les chevaux feraient demi-tour et se mettraient à redescendre. Il adorait cette qualité qu'ils avaient de ne jamais s'emballer. Ils ne galopaient jamais, même sur la dernière portion de plaine près de l'enclos du ranch, même quand les touristes les pressaient d'un coup de talon, d'un mouvement de rêne ou de tout autre geste qu'ils voyaient faire par les cow-boys dans des films depuis des années.

Mack avança. Il fit un claquement de langue et Copper Bob observa l'ours et s'approcha malgré tout. Vonnie était par terre et Mack dut descendre pour la soulever d'un bras et faire faire demi-tour à Rusty. L'ours n'avait pas bronché, contemplant la scène. À vingt pas, Mack hissa la fille sur Copper Bob et descendit d'un pas assuré à la suite de la cavalcade des enfants qui se dirigeait maintenant inexorablement vers le ranch, à quelque trois kilomètres en contrebas. Ceux qui se trouvaient en queue de peloton et n'avaient pas vu l'ours seraient ahuris et jaloux en entendant l'histoire, mais d'ici au dîner ils auraient leur propre histoire à raconter sur le danger imminent et sur l'énorme bête sauvage. Tandis qu'ils passaient en dessous des cabanes en ruines pour arriver à découvert, Mack siffla et Rusty s'arrêta et toute la file de cavaliers s'arrêta.

— Tu vas bien ? demanda Mack.

— C'était un ours, dit Vonnie.

Elle était transportée. Ils avancèrent jusqu'à son cheval et Mack l'aida à descendre.

— Voyons ça.

Elle s'était éraflé le poignet et elle défit sa chemise pour lui montrer l'endroit où son flanc était meurtri ; sa ceinture était pleine d'herbe et de terre.

— Ça va. Est-ce qu'on peut y retourner pour faire une photo ?

Ils avaient tous un appareil.

— Pas aujourd'hui, dit Mack. Cet ours ne veut pas être pris en photo aujourd'hui.

Il la tenait encore par le bras et il la tourna vers lui pour l'examiner.

— Est-ce qu'il a attaqué ? demanda un des gamins.

— Non, répondit Mack. Il dormait et nous l'avons réveillé.

— Il hibernait, dit un des enfants.

— Pas encore, dit Mack. Allons-y, descendons.

Il tint Rusty pendant que Vonnie remontait en selle. Elle était tournée et regardait vers le sommet de la colline.

— Cet ours, il hibernait. Les ours, ça hiberne, redit l'expert.

— Allez, allez ! cria Mack et la file des chevaux et des cavaliers prit la route du retour.

Ce fut le lendemain matin que Mack eut un problème. Il se réveilla et vit une tête à sa fenêtre : Copper Bob. Il sauta dans son jean et ses chaussures. Arrivé sur le porche, il trouva la douzaine de chevaux du ranch rassemblés devant sa cabane. Au-dessus, il vit la grille du corral ouverte. Les chaussures pas lacées, la chemise pas boutonnée, Mack s'y rendit en appelant Copper Bob qui ramena les autres jusque dans l'enclos. Avant même d'avoir refermé la grille, Mack savait que Rusty n'était plus là. Il sella Copper Bob et alla à cheval jusqu'à la maison. Amarantha était dans la cuisine et toute la pièce embaumait la pâte à pancakes – ses pancakes aux myrtilles.

— Tu peux faire l'atelier cuisine aujourd'hui ? lui demanda-t-il. Il faut que j'aille chercher un cheval.

— Si tu veux, Mack.

Elle avait six fours en fonte et faisait la cuisine avec les jeunes un jour ou deux par semaine sur le foyer installé derrière la maison.

— Garde-moi des pancakes, ajouta-t-il.

Il savait ce qui se passait, et il fit avancer Copper Bob jusqu'à la sortie du ranch et pénétra sous les arbres par-delà les cabanes. Des traces étaient imprimées dans la rosée tout le long du chemin, il ralentit dans le vallon et vit l'endroit où elle était passée entre les trembles pour atteindre le sommet. Une chasseuse d'ours.

Une fois en haut, il quitta les arbres et suivit la ligne de crête. Une piste de chasseur la longeait et conduisait plus loin vers les montagnes.

— Bon sang, dit-il, et il poursuivit sa route.

Il repérait à intervalles réguliers les empreintes des sabots de Rusty dans l'argile, ainsi que du crottin sur la piste qui plongeait puis remontait maintenant dans les pins. Il cherchait aussi des traces d'ours, mais il n'y en avait pas.

Dans l'ancien temps, c'était là que les premiers ranchers avaient appâté les ours avec des carcasses de chevaux, conduisant un vieux cheval jusqu'au sommet pour l'abattre à l'orée des bois, à un endroit qu'ils pouvaient surveiller depuis l'autre côté du canyon. Il y a quatre-vingts ans, ces pionniers avaient pique-niqué et attendu la carabine à la main. Il restait encore d'antiques assemblages d'os de chevaux éparpillés ici et là, à flanc de colline. Jusqu'à l'horizon, vers l'ouest et vers le sud, c'étaient des terres fédérales et depuis toujours ouvertes à la chasse durant la saison. À la fin de chaque été, Mack emmenait quatre ou cinq cavaliers expérimentés à travers les terres fédérales jusqu'à la forêt nationale, s'égarant parfois, apprenant ainsi à connaître la montagne. Il adorait pousser plus loin que ce qu'il connaissait. Chaque année, ils tombaient sur des cerfs charcutés, tronçonnés par des braconniers, la tête et l'arrière-train prélevés plusieurs mois avant l'ouverture de la chasse. Il détestait cela, et il accumulait de la haine envers les coupables. Il marquait leurs traces quand il le pouvait, mais ses recherches étaient toujours restées sans suite.

Une année, son père était parti pendant deux jours avec quatre rangers et la patrouille civile pour faire une descente dans un camp de braconniers et, à son retour, il avait descendu son cheval de la remorque et rangé le harnachement sans dire un mot. Mack voulait savoir ce qui s'était passé, mais il lut sur le visage de son père qu'il ne devait pas poser de questions. Il découvrit plus tard que l'un des hommes, un routier de Hammond, avait tenté de saisir sa carabine et qu'il avait été abattu.

Mack était maintenant dans les pins sur un sentier étroit par endroits et humide, il voyait toujours les traces de Rusty. Il passa une heure ainsi, tantôt sous les arbres, tantôt à découvert, faisant irruption dans le parfum des sauges, devant des échappées de plus de cent cinquante kilomètres, avant de retourner dans l'ombre verte.

— Satanée fille.

Arrivé au col, non loin du sommet, il s'arrêta et siffla trois fois, de sa manière bien à lui, le sifflement le plus puissant, le plus aigu qu'un humain puisse émettre. Rien. Devant lui, il vit l'endroit où Rusty était sorti du sentier pour entamer sa descente du versant opposé. Eh merde merde et merde. Il était midi, la journée était bien avancée. Il aurait dû emporter les talkies-walkies, sa carabine, un déjeuner.

— Hé ! appela-t-il. Rusty !

La fille n'était plus sur la piste, elle avait opté pour la colline de sauges, pour aller Dieu savait où. La pente était raide et striée par des affleurements de schiste. Au moins, le temps était clair et ensoleillé, mais la journée était bien avancée. Ils n'avaient jamais perdu une fille auparavant. Ils avaient eu des ampoules, des échardes, des cuites et un bras cassé le jour où un gamin était tombé de la barrière du corral, mais personne ne s'était jamais perdu. Personne n'avait péri. Sur le flanc à l'ombre de la montagne, quatorze mouflons escaladèrent par à-coups la terre sableuse, dociles comme des chèvres de ferme, et brouillèrent la piste de la fille. Il poursuivit sa route à la recherche de traces, sans en trouver aucune. Elle était soit montée soit descendue, et il était maintenant 15 heures. Va te faire voir, jeune fille. Mack était certain que Rusty saurait, quand la lumière du soleil lui indiquerait 16 heures, qu'il était temps de rentrer au ranch. À condition qu'elle soit toujours sur son dos. Allez vous faire voir, toi et ton appareil photo. D'ici, il y avait trois ou quatre itinéraires possibles pour rentrer au ranch. Mack monta jusqu'au sommet et passa le col, puis il choisit, par intuition seulement, la piste du torrent et parcourut deux kilomètres vers l'est. Il faisait chaud au soleil et frais à l'ombre pendant la descente. Il n'était jamais passé par là, mais il avait un sens de l'orientation que même son père remarquait régulièrement. Il arriva à Box Creek, donna à boire à Copper Bob, puis le conduisit à pied jusqu'au pont de bois qu'il avait construit avec son père dix ans auparavant, quand il avait sept ans. Son père lui avait appris à utiliser la tronçonneuse, il l'avait laissé s'en servir et découper les minces poutres en tronçons de deux mètres pour le plancher du pont. Tout ce bois vert avait séché et pris une couleur gris ardoise qui faisait penser à un artefact de la conquête de l'Ouest.

Avant de voir le pont, il entendit Copper Bob renifler. Rusty était là, attaché à un arbre. La fille était allongée sur le pont, les bras en croix comme si elle était tombée d'une hauteur importante. Elle avait les jambes nues et son pantalon de velours marron était roulé en boule à côté de sa tête. Mack et Copper Bob s'approchèrent.

— Tu dors ?

Elle le regarda sans bouger la tête, son visage à l'envers par rapport au sien.

— Je vais bien.

Elle tira sur les pans de sa chemise pour cacher ses sous-vêtements.

— Je crois que je me suis perdue.

Il resta silencieux ; les deux chevaux se frottèrent le nez. Mack ne lâchait pas son cheval. Il voyait la vilaine irritation rouge sur ses cuisses.

— Comment tu t'appelles, déjà ? dit-elle.

— Apparemment, ton ours a disparu.

Il se dressa sur ses étriers et inspecta la selle de Rusty, qui était bien en place, et la bride.

— Tu t'es bien débrouillée pour le seller.

— Je ne peux plus monter. Je ne peux pas toucher mes jambes.

— Il faut juste qu'on rentre, et ensuite tu pourras te tremper. Mais faut qu'on y aille, là.

Elle se redressa et regarda ses jambes enflammées. Puis elle se leva et enfila son pantalon, tout doucement.

— Mon Dieu, je ne peux même pas marcher.

— Tu as la peau à vif, mais j'ai vu pire. Vas-y doucement. On va aller jusqu'à la route du ranch et je pourrai aller chercher le camion.

— C'est loin ?

— On monte là et on redescend. Trois kilomètres, un peu plus.

Elle avança d'une démarche raide jusqu'à son cheval et Mack l'aida à monter en selle. Elle gémit et dit :

— Où il est, cet ours ?

— Dans le Montana. Tu lui as fichu une sacrée frousse, à lui sauter dessus comme ça.

Elle rit et gémit tout bas quand Rusty se mit en route à la suite de Copper Bob et franchit le vieux pont de bois pour déboucher dans la clairière.

— C'est quoi, ton nom ? dit-elle.

Dans la pénombre rayonnante de l'altitude, Mack traversa la piste jusqu'à la vieille pancarte du service des Forêts qui ne tenait plus que par un seul écrou rouillé. Le poteau était toujours bien enfoncé dans le sol. Il alla jusqu'à sa boîte à outils rangée dans le camion et prit deux grandes vis en acier, des écrous, des rondelles crantées ainsi que la clé à molette et la scie à métaux. Au cinquième coup de scie, le vieil écrou se détacha et la pancarte tomba. Mack la tint entre ses mains. La peinture au creux des lettres gravées avait entièrement disparu ; il avait envisagé un moment d'apporter de la peinture, mais ç'aurait été un peu exagéré et les inscriptions rutilantes attiraient toujours les vandales. Il la positionna bien d'équerre et prit un certain plaisir à serrer les boulons jusqu'à ce qu'ils s'incrustent dans le vieux bois de pin. *Sentier de Cold Creek*. La première fois qu'il était venu ici, son père l'avait envoyé jusqu'à cette pancarte, et il avait trouvé une petite enveloppe en plastique coincée derrière, entre la pancarte et le poteau. Il l'avait prise ; elle contenait un billet d'un dollar et une mouche Royal Coachman, ainsi qu'une petite carte qui disait : "Allons pêcher, Mack. Bises, Papa." Il avait toujours le bout de papier dans son portefeuille. Il plia la petite pochette qu'il avait apportée et la cacha derrière, contre le vieux poteau pelé, puis il la fixa avec une épingle argentée. Si elle vient, elle ira sûrement relever le courrier.

Il retourna à son pick-up, rangea ses outils et ouvrit le capot pour vérifier le niveau d'huile. Il faisait sombre, et il alluma sa lampe de poche. Faire des petites choses permettait de tenir l'inquiétude à distance. S'il ne l'avait pas déjà fait une seconde auparavant, il aurait rentré sa chemise dans son pantalon. Il se lava les mains. Oh septembre, mois de beauté. Dévoile-moi tes secrets.

Cet hiver-là, après qu'il lui avait montré les ours, elle lui avait écrit une lettre de Brown University qui l'informait que la famille viendrait la deuxième semaine du mois d'août. Ils avaient voulu aller à Martha's Vineyard, mais elle avait tenu bon. Elle leur avait dit qu'elle avait rendez-vous avec un ours, et elle avait signé la lettre : *Vonnie, Étudiante en musique, Chasseuse d'ours.*

Il passa le mois de juillet à explorer les collines et les trouva, l'un après l'autre : six ours noirs, deux oursons, l'un encore couleur cannelle. Le mois suivant, quand sa famille était arrivée, il s'était constamment affairé et les deux jeunes gens s'étaient ignorés. Il y avait beaucoup de travail. Le troisième jour, à l'aube, le jour où Amarantha avait décidé de mettre en route les fours pour l'atelier cuisine et de faire des biscuits et des omelettes avec les enfants, il s'était avancé jusqu'à la balustrade du porche de sa cabane et avait vu la fille devant son petit cottage. Elle s'était levée et l'avait suivi jusqu'au corral. Ils chevauchèrent deux heures durant sur la piste qu'il avait marquée jusqu'à ce qu'ils parviennent à un creux surplombant la vallée des ours. Ils n'avaient pas échangé un mot.

— Comment vont tes jambes ?

— Bien. Tu as vu pire.

— Tu as apporté ton appareil photo ?

— Oui, je l'ai.

— Tu veux voir ces ours ?

— Oui. Je suis venue voir un ours, un seul me suffira.

— Je ne suis pas certain que je doive te laisser les approcher, fit-il observer.

— Et pourquoi ça ?

— Parce qu'une fois que tu auras ton ours, tu en auras terminé avec moi.

Elle se tourna sur sa selle, une main posée sur l'arrière, et elle dit :

— Je n'ai même pas encore commencé avec toi.

— Tu ne connais même pas mon nom.

— Je connais ton nom.

— Ne le dis pas.

— Ne dis pas le mien.

Mack demanda :

— Est-ce que tu tiens tes promesses ?

— Oui, Monsieur, toujours.

— Alors, viens avec moi.

Il la conduisit à travers les arbres jusqu'au surplomb. À leurs pieds, la vallée s'élargissait en une grande prairie bordée de trembles qui ensuite laissaient place aux pins. Ils cheminèrent sur une piste pierreuse, au-dessus du pré. Ils s'arrêtèrent, les chevaux savaient rester immobiles.

C'était sa vie, chevaucher deux heures depuis un ranch qui était lui-même à une heure de la ville, tout en sachant qu'il y avait encore des heures d'inconnu devant lui. Les corniches de la vallée suivante se détachaient clairement et palpitaient dans l'air clair de l'été. Il y était allé une ou deux fois, peut-être ; il se rappelait une dépression avec deux creux pleins d'eau entourés de joncs au pied d'une colline de granit, mais la terre était vierge et, comme tant de choses à cette altitude, elle attendait encore. On lui avait dit qu'il ne restait plus que quelques endroits dans le pays où une personne pouvait encore s'éloigner à huit kilomètres de la route, et, pour lui, cela restait la pire nouvelle qu'il ait jamais entendue. En ville il ne se sentait pas lui-même et, bien qu'il aimât l'école, l'énergie qui y régnait, et qu'il puisse supporter d'y rester un semestre, il ne faisait pas vraiment confiance à ce monde, ni à lui-même dans cet univers, et à la fin de chaque semestre, avant le dernier examen, sa voiture était déjà chargée, prête à partir, et il s'enfuyait vers la maison, vers les collines. Deux faucons prirent leur envol dans le ciel bleu inondé de soleil et échangèrent leurs postes d'observation dans la vallée à leurs pieds.

— Musique ? dit-il.

— C'est un domaine où il n'y a pas d'argent, mais je suis diplômée en musique.

— Tu joues du piano ?

— Oui. Et de la clarinette.

Elle observa les cimes des arbres, la verdoyante prairie, et dit :

— Ils sont proches, n'est-ce pas ?

— Oui. C'est bientôt l'heure des ours.

Puis il ajouta :

— Je ne sais même pas jouer de la guitare.

Un ours noir marchant à quatre pattes apparut dans la lumière du soleil.

— C'est le même ours ? chuchota-t-elle.

Un plus petit animal surgit à l'orée du bois.

— C'est toujours le même ours.

Elle sortit son reflex Nikon de son étui et commença à prendre des photos. Les ours entendirent le bourdonnement de l'appareil, ils levèrent la tête et les regardèrent.

— Oui, c'est lui, mon ours.

Elle se tourna et prit une photo de Mack. Quand elle eut rangé son appareil et l'eut remis en bandoulière, elle lui dit :

— Merci.

D'une traction sur les rênes, il fit faire demi-tour à Copper Bob sur l'étroite piste et reprit le chemin du retour.

Son père vint le retrouver à la sellerie, cet après-midi-là, et se tint debout dans l'embrasure de la porte inondée de soleil.

— Tu es occupé ?
— Oui, Père. Pas très, mais il faut le faire.
— Est-ce que tu sais ce que tu es en train de faire ?
— Non, Père, je ne sais pas.
— Est-ce que tu suis ton instinct ?
— Je suis certainement quelque chose.
— Tu crois que tu peux ferrer une fille en lui montrant un ours ?
— Je n'en sais rien, répondit Mack.

Son père croisa les bras et s'appuya sur le chambranle de la porte.

— Moi non plus. Ils étaient combien ?
— Sept ou huit. Trois petits.
— Voilà de bonnes nouvelles.

Mack attendit. Il savait que son père avait autre chose à dire.

— J'ai montré à ta mère deux cents cerfs dans un bosquet de trembles très haut, au-dessus du réservoir, à Cody.
— Ah oui ?
— Deux ans plus tard, j'étais un homme marié.
— Qui a attrapé qui ? demanda Mack, l'œil malicieux.
— On ne le sait toujours pas avec certitude, répondit son père. On sait juste que le résultat en valait la peine. (Il se redressa et posa lentement ses mains sur ses hanches.) Une fille qui s'entiche d'un ours est plus estimable que celle qui s'entiche d'une voiture. Je te l'accorde. Seulement, fais attention à toi. Tu te souviens de Jude ?

Jude était leur premier employé, un ivrogne qui se blessait constamment et qui ne cessait de perdre des choses à cause de ses nœuds défaillants. Il finit par tomber de cheval et perdre un œil sur un poteau de clôture.

— Je ferai attention, dit Mack.

— Oh, j'en suis certain. Tu n'as rien à voir avec Jude, mais ton vieux père ne peut pas s'empêcher de s'inquiéter. Tu le sais bien.

Son père avança d'un pas, posa sa main sur le cou de son fils et le serra contre lui l'espace d'un instant.

— Un peu, que je le sais, répondit Mack.

Puis il se redressa et fit face à son père.

— Ce n'est pas un cliché et ça ne le sera jamais. C'est soit rien du tout, soit quelque chose. Dans tous les cas, ne t'inquiète pas.

Au mois de janvier qui suivit, il reçut les photos : les ours, lui sur Copper Bob, son visage à moitié caché par l'ombre de son chapeau. La lettre disait qu'elle serait en Europe tout l'été suivant, et elle lui demandait de ne montrer ces ours à personne d'autre. Il était à Boise State, il étudiait l'histoire et des tas d'autres choses, dont beaucoup d'informatique. Il aimait tout sauf la comptabilité.

Sans elle, le ranch fut différent cet été-là, et il investit l'énergie qu'il ressentait quand elle était là dans les finances de l'exploitation et leurs interminables complexités. Sawyer Day et son père vendirent des parcelles ; un nouveau marché émergeait, des maisons, de grandes demeures plus exactement, et chaque vente leur faisait gagner un an ou deux, mais les impôts et les remboursements restaient élevés. Il demanda un changement de statut fiscal et le comté modifia le statut du ranch en domaine à exploitation résidentielle autorisée. Ils lancèrent l'affaire. Il déposa un nouveau dossier. Les ennuis de son père étaient tels qu'il lui fut difficile de se concentrer sur ses études l'automne suivant, mais il avança malgré tout, continuant à étudier l'informatique, l'encryptage, à mesure que ce domaine se développait, et l'histoire moderne.

Puis, deux événements se produisirent en une seule journée l'hiver suivant. Il s'était installé dans une maison de l'autre côté de la ville, un bungalow de brique vaguement retapé où il vivait seul, ses ordinateurs alignés en série dans la pièce de devant. Il voulait un ensemble de composantes et d'objectifs qu'il pouvait contrôler. Il était consultant pour l'université et bénéficiait d'une bourse du Département d'État. Il y eut deux appels téléphoniques la même journée. L'un venait de la fille, qui le contactait depuis Prague. Elle finirait ses études en mai et viendrait dans l'Ouest.

Elle dit :

— C'est un entretien d'embauche : je veux travailler à Box Creek et acheter ce cheval. Et il faut que je te dise un secret.

Les crépitements de la communication longue distance résonnaient dans son oreille.

— Je ne peux pas t'en empêcher, dit-il.

Puis il l'entendit chuchoter :

— J'ai dit ton nom.

Son cœur lui serra la gorge. Une minute plus tard, il ajouta :

— Viens dans l'Ouest. Passe ton diplôme et tire-toi.

Avant qu'il n'ait eu le temps de s'installer sur le canapé miteux qu'il avait recouvert d'un drap, Sawyer Day appela et lui demanda de s'asseoir.

La mort de son père changea tout. Au ranch, tout était de guingois, étrange ; c'était plus que l'absence ou le manque. Les lois de la gravité s'étaient modifiées. Mack s'occupa des chevaux et repeignit la petite grange, mais il n'avait plus de centre auquel se référer en l'absence de son père. Il fit un effort pour se concentrer et n'y parvint pas ; il sentait qu'il n'y avait aucune raison de nourrir les chevaux, de se nourrir lui-même. L'immensité du lieu et le sentiment de ne pas le mériter ajoutaient à son chagrin. Quand il entra dans la maison, l'impression de vide l'ébranla. Il ne voyait pas son père tous les jours, mais il savait qu'il était là, sur le ranch, dans une autre pièce ou sur le chemin du retour de la ville, et sa présence dans le monde était comme l'incarnation de l'ordre même. Ce vide était insondable, et pendant toute la saison il eut du mal à poser un pied devant l'autre et même à lacer ses chaussures de travail. Une règle avait disparu, et il se sentait fragile et moins lucide. La lumière du jour dans ces lieux avait changé.

Et cela s'étendait au-delà du ranch ; quand il retourna à la fac, il eut l'impression que Boise était sous l'eau. Il cessa d'aller en cours et commença à se faire un peu d'argent avec ses travaux d'informatique. Sa vie, qui jusque-là paraissait être une séquence logique de choix clairs, se troubla pendant un temps, puis définitivement. Sans les attentes de son père, il se retrouvait à la dérive ; il en avait conscience et prenait une grande inspiration quand il voyait qu'une part de lui-même s'en réjouissait.

Le père de Mack fut enterré dans le cimetière familial au sommet de la colline nord, à côté de la mère de Mack. La grille en fer forgé noir avait été assemblée et soudée dans l'atelier en bas. Des années auparavant, la mère de Mack avait planté la douzaine de genévriers de Chine couleur or qui luttaient contre le vent mais survivaient malgré tout. Sawyer aida Mack. Ils fermèrent la maison d'hôtes et firent l'état des lieux. Sawyer lui montra tous les chiffres ; ils avaient toujours un débit de six cent cinquante dollars, tous les mois. Ils vendirent quelques acres pour avoir deux ans de répit. Sawyer renonça à son salaire et se retira en serrant la main de Mack :

— J'espère que tu vas pouvoir garder le ranch.

Il restait encore 375 acres de pâturages, de collines et de montagnes, bien moins que cent cinquante ans auparavant. Mack avait une vingtaine de propositions pour sa terre, assez pour être à l'abri jusqu'à la fin de ses jours. Il vendit deux jolis cottages en bois, qui furent emportés par des camions à plateaux. Il vendit tous les chevaux sauf trois. Amarantha vint un jour de la ville pour lui donner un carnet avec toutes ses recettes et l'embrasser sur les joues. L'écriture était haute et belle, mais il sut qu'il n'en essaierait jamais aucune. Il connecta ses ordinateurs et rebondit d'une allocation à une autre, travaillant un temps sur des codes pour une agence, puis pour une autre. Les gens de la ville le prenaient pour un ermite. Il avait vingt ans.

En juin, une Range Rover noire vint se garer dans la cour et un homme que Mack reconnut en descendit. Il s'appelait Charley Yarnell ; il était venu séjourner au ranch plusieurs étés.

— J'aimais bien ton père, dit-il à Mack. Et je voulais te parler de quelque chose.

— Le ranch n'est pas à vendre. On est en fonds.

— Ce n'est pas vrai, dit Charley, mais ça m'est égal. Je veux que tu fasses un travail pour nous. Depuis ici. Comme consultant.

Ils s'assirent dans le salon de devant, une pièce largement couverte par la carpette de sa mère, un grand patchwork ovale de tissus orange, rouges, bleus et verts, qui ressemblait aux flancs d'une truite de torrent.

— C'est un bon boulot, dit Charley. Il y a de l'argent à se faire, et il faut que quelqu'un le fasse. Tu serais un avant-poste, comme une station de transit.

— Ce comté est plein de militaires à la retraite, fit remarquer Mack. Des gens avec les autorisations.

— Quand tu dis ça, tu as tout dit. Je n'ai pas besoin de gens avec des autorisations. J'ai besoin de quelqu'un de discret, qui s'y connaît.

— C'est pour la CIA ?

— Ce n'est jamais pour la CIA. Il s'agit simplement d'une agence et d'un boulot. Les seules personnes impliquées seraient toi et moi.

— C'est une faveur que vous me faites ?

— Non, c'est du travail. Je t'ai vu avec ton père ; tu es l'homme qu'il me faut.

— Je ne suis pas mon père.

Ce fut douloureux à dire, mais un soulagement aussi.

— Vous voulez du thé ?

— Non, dit Charley. Je veux que tu installes une parabole pour la télévision, le fournisseur que tu veux, et je veux te donner cette carte.

Un numéro à douze chiffres y était inscrit. Charley se leva et les deux hommes échangèrent une poignée de main.

— C'est bon pour toi, crois-moi, dit Charley. J'en suis certain. Mais entends-moi bien. C'est bon pour moi aussi. Je te reparle très vite.

Quand Yarnell sortit de la cour du ranch, Mack sentit le doute l'envahir comme un brouillard. Il savait que cet homme était un marginal. Son père en avait parlé, mais il ne se rappelait plus ses propos. Il se souvenait de la manière dont son père gérait les gens visqueux – c'est ainsi qu'il les appelait. Plusieurs fois, des PDG venus au ranch avaient préféré parler affaires plutôt que partir en balade, poser des questions sur les chiffres et sur leur mode de vie. Son père adoptait toujours ses manières élégantes et cordiales avec ces gens-là, la rectitude, la politesse et la bonne posture. Mack les repérait de l'autre bout de la cour, et il observait son père maintenir la conversation dans la juste mesure, comme s'il faisait la lecture d'un passage de la Bible. "Les bonnes manières ne sont pas seulement la cerise sur le gâteau, Mack, lui avait-il dit. Les bonnes manières, toutes sans exception, sont des protections. Elles peuvent être plus efficaces que les muscles dans les endroits visqueux. Un homme fort est assez fort pour se maîtriser." L'autre chose qu'il lui avait enseignée, à un très jeune âge, c'était que, lors d'un dîner qui tourne mal, "un homme peut agir plus efficacement avec une serviette qu'avec une fourchette".

Mack commença à relayer des pages codées deux ou trois fois par mois, et les chèques, suffisants pour le maintenir à flot, arrivaient par coursier tous les mois. D'après leur format, il savait que la moitié des pages étaient destinées à des ambassades et à des bases militaires. Il s'en fichait. Il encaissait l'argent et se demandait quelques minutes chaque semaine si son choix était le bon ; que signifiait bien faire quelque chose, sans savoir ce que c'était ? Il se mettait alors simplement en pilotage automatique et détournait les yeux. Ce n'était pas la méthode de son père, mais son père n'était plus de ce monde.

La fille était là, quelque part, et il se blinda le cœur à la pensée qu'elle avait rencontré quelqu'un et qu'un jour il recevrait une coupure de journal qui annoncerait son prochain mariage. Il avait été occupé et soucieux, mais cela n'avait pas masqué l'autre chose, un sentiment qu'il éprouvait pour elle.

Elle appela en septembre d'une école aux environs de Minneapolis, où elle enseignait la théorie musicale.

— Qui est à l'appareil ? demanda-t-il.

— Tu ne connais pas mon nom, mais nous nous sommes déjà rencontrés.

— Donne-moi ton adresse, j'ai une proposition à te faire.

— Surveille ton langage.

— Je surveille tout.

Il lui envoya une carte gribouillée à la main au dos d'un set de table en papier, sur laquelle il indiqua l'épicerie de Crowheart et le nombre de kilomètres jusqu'au virage non signalé menant à la piste, puis une ligne en pointillé qui représentait la piste jusqu'au point de départ du sentier de Cold Creek, où il traça un X et nota : 15 septembre, 17 heures.

Un mois plus tard, il se tint là où il se tenait ce soir, sous les cieux de la Terre, tandis que la nuit tombait progressivement, de plus en plus épaisse, sur l'immensité. Ce premier soir, il avait apporté le matériel pour eux deux, et quand sa vieille Volvo apparut en cahotant au col, il comprit et il sut. C'était il y a dix ans.

Ce soir, il y avait les ténèbres granuleuses du temps des rêves. Il remua les pâtes dans la casserole avant d'y mettre les morceaux de saucisse italienne qu'il avait pris chez Hershmeyer, à Jackson. De la saucisse faite maison. Il sortit la bouteille de chianti dans son étui de paille. Dîner pour un. Il ouvrirait le vin pour elle, si elle venait. Ses jours de beuverie à lui étaient passés, il le savait bien. Tu te rends suffisamment malade comme ça, pas question de retourner en arrière. Il avait, dans ce domaine, le courage de son père. Il était repassé du bon côté ; il ne savait pas ce que l'avenir lui réservait, mais assurément rien de cela. La chaîne des Wind River se déployait derrière lui dans la nouvelle nuit, un endroit qu'il aimait et qu'il ne connaîtrait jamais entièrement, même après toutes ces années, même avec toutes les années à venir. Personne ne pourrait y parvenir. Il sentait maintenant l'altitude dans les battements de son cœur.

Puis il y eut un bruit, comme un galet qui roule dans le lit d'un torrent, des secousses étouffées qui lentement se rapprochèrent, le roulement d'une voiture montant lentement sur la piste en terre. C'était une Lexus gris métallisé, tous phares allumés dans le crépuscule, qui s'approcha et ralentit pour s'arrêter à côté de son pick-up. La vitre teintée descendit et il y eut son visage.

— Hé, M'sieur, dit-elle, cette route est pleine de bétail, ce soir.

Il retrouva sa voix.

— Ce sont les bêtes de Bluebride. Il ne les a pas encore descendues. Comment ça va ? demanda-t-il. Belle voiture.

— Euh, ouais…

— C'est Kent qui te l'a achetée ?

— Il a contribué. Elle appartient à l'école.

— C'est lui qui l'a donnée à l'école.

Elle sortit.

— Qu'est-ce que tu fais cuire ? Des pâtes ?

— Oui, M'dame, comme toujours.

Vonnie se passa la main sur le front et leva la tête, tous les sens en éveil. Maintenant, dans la montagne, les ténèbres devenaient chaque minute plus épaisses.

— Oh… cet endroit…

— Dix ans.

— Dix ans, répéta-t-elle. La dernière randonnée.

— Tu es venue.

Il tira sur quelques spaghettis pour voir s'ils étaient cuits.

— Tu as tenu ta promesse.

Elle leva les yeux vers lui.

— Mack, cette année a été abominable, et tu as été abominable, mais je n'ai qu'une parole.

JOUR DEUX

AU MATIN, ILS SE MIRENT EN ROUTE. La piste était sèche, la pente douce jonchée de feuilles de tremble jaunies, et la fraîcheur et le silence bruissaient dans l'immensité du ciel. Ils marchèrent comme ils avaient toujours marché lors de leurs expéditions, elle devant, lui derrière, lents et réguliers. Ils ne s'étaient que peu parlé la nuit précédente, surtout pour se conformer à une promesse qu'il avait gravée dans la pierre des montagnes : rester léger et sur la réserve, sans se mettre en boule, sans se laisser atteindre. Chaque jour depuis qu'il avait quitté la prison avait été une leçon de plus dans sa reconstruction, et il ne voulait pas perdre ça. Elle était là ; c'était suffisant. Ils n'étaient plus mariés. Elle était venue pour lui faire plaisir. Il ne se ferait pas d'illusions ; il n'avait d'ailleurs aucune illusion à se faire. "Tu es un cas désespéré, mon garçon." Il le dit en chuchotant. "Vas-y, c'est tout." Ce n'était qu'une expédition de pêche en septembre avec une amie – une promesse qu'ils s'étaient faite. Un peu tout ça, en fait. Il poursuivit sa marche. Il ne se sentait pas désespéré.

La première année, quand elle l'avait rencontré et qu'elle s'était enthousiasmée pour l'immensité sauvage qu'ils avaient perçue dès le départ du sentier, elle avait serré ses bras contre elle dans la fraîcheur du soir et lui avait demandé pourquoi ils venaient en septembre et pas pendant une saison plus chaude.

— L'été doit être splendide.

— C'est vrai, mais il n'y a rien de tel qu'une troupe de boy-scouts pour bousiller une randonnée, une bande de petits bonshommes bardés de médailles du mérite. Septembre est un mois parfait. Il y a du givre le matin, mais sinon, c'est parfait.

Cette première année, elle l'avait embrassé alors qu'il faisait cuire les pâtes, et ils s'étaient retrouvés sous la même tente dans des sacs de couchage séparés, en éveil, sous tension dans ce petit abri. Elle avait apporté un livre de Keats, et elle lui avait lu "L'ode à l'automne" à la lumière de sa petite lampe de poche.

— Il y a de ça, avait-il dit. Tu l'as mis en musique ?

— Oui.

— C'était pour ton petit ami ?

— Non. Il y avait un garçon qui travaillait beaucoup sur Keats.

— C'était ton petit ami ?

— Oui, mais il avait des problèmes.

— Est-ce que ça veut dire d'autres filles ?

— Il nous avait toutes, dit-elle, puis elle ajouta ce qu'il voulait entendre : Mais tu m'as, maintenant.

— Tu ne me verras pas lire Keats, mais je connais des histoires.

— Sur le cannibale ?

— Ce n'était pas un cannibale, pas du tout.

La journée suivante avait été une ascension délirante entre les arbres centenaires, toute une chaîne de montagnes pour deux personnes. Ils étaient certainement les premiers à parcourir ces chemins, ou telle était leur impression, même pour Mack qui ne les avait jamais vus de cette manière auparavant ; ils inventèrent chaque virage, chaque tournant, chaque tronc à terre, chaque ruisselet, et ils inventèrent l'air et les heures au fil du jour, doré comme un fruit mûr, un parcours pour installer tôt leur campement et allumer un feu où ils chaufferaient une soupe avec un croûton de pain. Ils prirent leur temps. Il installa sa cordelette en coton pour y accrocher son torchon à vaisselle rayé bleu et vert, sa touche personnelle. Tout en trempant son pain dans l'épaisse soupe à la tomate, elle pointa un index et dit :

— Ces deux sacs de couchage peuvent s'attacher ensemble.

Plus tard, sous la tente, chaque contact provoqua une décharge à mesure qu'ils inventaient les étreintes. Il posa sa main sur l'intérieur de sa cuisse douce et chaude, et demanda :

— Ça va, tes jambes ?

Elle le serra et, une minute plus tard, répondit :

— Voilà, Monsieur, à quoi elles servent, mes jambes.

Maintenant, sous le soleil de septembre, ils parcouraient en silence la piste rocailleuse qui avait été élargie par les chevaux des pourvoyeurs durant l'été, lessivée par la pluie avant d'être asséchée pour devenir un chemin facilement carrossable. Mais ils étaient suffisamment expérimentés pour rester attentifs à leur rythme à mesure que les trembles faisaient place aux pins pignons et à l'ombre tachetée tandis qu'ils passaient le col raide et atteignaient la première vraie prairie d'altitude, un champ de cent acres couvert de sauge, de lupins et de reines-marguerites. Après des heures de marche dans les ombres ondoyantes des arbres, ils protégèrent leurs yeux de l'éclat aveuglant de la lumière. Vonnie s'arrêta à la lisière du parc et Mack la rejoignit. Ils voyaient trois douzaines de cerfs à l'autre extrémité de la prairie, de somptueux animaux au pelage brun foncé, aussi petits que des chiens à cette distance. Vonnie respirait fort et il était essoufflé – deux fameux randonneurs.

— Ça va ?

— Ça fait un moment que je ne suis pas sortie au grand air ; ça fait du bien. (Elle posa la main sur son sternum.) Mais je le sens.

Maintenant, les cerfs étaient partis.

— Allons voir si Clay s'est installé.

Après le dîner, la veille au soir, elle avait étalé son tapis de sol et son sac de couchage sous les pins au départ du sentier de Cold Creek, et il lui avait demandé si elle voulait une place sous sa tente.

— Je suis bien, avait-elle dit. Je voyage léger, mais j'ai un sac de bivouac s'il fait froid.

— Tu veux une pierre chaude ?

— Je suis bien.

— C'est un super sac de couchage que tu as là, M'dame. C'est Kent qui te l'a acheté ?

— Oui.

— La veste aussi ?

— Oui.

— Il sait choisir le matériel, ça se voit. Il va bien ?

— Tu veux dire, depuis ton exploit ?

— Oui. Je me suis excusé et j'ai payé pour ce que j'ai fait.

— Kent va bien. Jackson est une bonne ville pour un avocat.

— C'est une chose terrible à dire d'une ville, mais c'est mérité pour Jackson Hole.

— Mack, ne commence pas. Surtout pas.

— Dis-moi un truc. Est-ce qu'il a changé ton nom ?

— Il m'appelle Yvonne.

Il avait pensé répondre quelque chose à ça, mais quand il l'entendit, il en fut incapable. Il s'était assis et avait retiré ses bottes. Avant de se glisser sous sa tente, il avait vu Vonnie aller jusqu'à son pick-up, se pencher pour voir s'il avait mis sa bonne vieille glacière derrière la roue, puis elle s'était redressée dans les ténèbres luminescentes et était retournée tranquillement jusqu'à la pancarte pour y prendre son courrier.

Quand ils arrivèrent au bout de la prairie, les dernières abeilles étaient en train de s'affairer et Vonnie avait roulé ses manches dans la chaleur du soleil. Elle avança jusqu'à l'espalier de bois aménagé contre la barrière du service des Forêts et s'appuya sur les vieilles poutres délavées. C'était une barrière faite de poutres croisées qui avait été dressée dans les années 1930 par le Corps civil de protection de l'environnement, tellement massive et sommaire qu'elle tiendrait jusqu'à la fin des temps. De l'autre côté de la prairie verdoyante, on apercevait un grand auvent de toile blanche à l'endroit où la piste s'enfonçait sous les pins. Mack tendit un index.

— Il est toujours là.

Il voyait bien que cette vision familière rendait Vonnie heureuse.

— Tu veux le faire ? lui demanda Mack.

— Non. Tu adores ça.

— Non, à toi. Tu ne sors pas souvent.

— OK, dit-elle en avançant devant lui. Ohé, du camp ! cria-t-elle. Ohé, du camp !

Elle sourit, mit ses deux mains en porte-voix autour de sa bouche et appela de nouveau.

— Pouvons ! Nous ! Approcher ?!

Ils virent Clay écarter le battant de toile et apparaître, vêtu de son sweat-shirt Utah State bleu. Il agita la main et beugla :

— Y a intérêt, Vonnie. Et amène donc ce rancher avec toi.

— Tu devrais lui dire que c'est Yvonne, maintenant.

— Laisse tomber, fit-elle sans regarder en arrière.

Autrement dit, point final.

— Allons prendre un café et écouter la météo.

Ils s'aidèrent mutuellement à grimper et à franchir l'échalier, puis Mack suivit Vonnie jusqu'au campement de Clay. Ils calèrent leurs sacs à dos contre un gros pin et entrèrent dans la tente. Il y faisait bon. Le sol était constitué pour moitié de bois de palettes et pour moitié d'herbe verte. Clay avait deux lits de camp et un petit poêle à bois. Ils échangèrent tous une poignée de main.

— Home sweet home, dit Vonnie.

Elle désigna la tasse de café de Clay, son stylo, son cahier ouvert.

— Soyez-y les bienvenus, répondit Clay. Asseyez-vous. Dites-moi ce que je peux écrire dans le livre de bord ; ça radote un peu, dans mon journal.

Il rassembla ses papiers et les entassa sur l'unique étagère.

— On ne savait pas s'ils avaient embauché un petit nouveau.

— Non, c'est toujours le même vieux gamin. Ça fait six ans maintenant. Le salaire est pas trop mal et j'aime vraiment ces collines.

— Ah, j'ai failli oublier…

Elle sortit et revint avec une miche de pain dans un étui en papier.

— Je t'ai apporté un pain au levain de chez Lucy, en ville.

— Je l'accepte seulement si vous prenez un café.

— Avec un peu de crème, répondit Vonnie.

Il prit la cafetière bleue émaillée sur le poêle et remplit trois gobelets en fer-blanc. Il sortit de sa grosse glacière un pot en verre contenant un mélange mi-crème mi-lait.

— Qui vient cette année ?

— C'est tous des médecins de Chicago. Certains sont déjà venus l'an dernier. Bluebride les amène par groupes de quatre.

— Où vont-ils aller chasser ?

— On les emmènera vers le sud, dans les vallons encaissés au-dessous de Bellows et vers les trois sommets nus. Le bois est épais et ça fait une super excursion. J'y suis allé cette semaine pour dégager les pistes.

Ils s'assirent à la table de pique-nique en bois sous la tente.

— Personne d'autre dans les montagnes ? demanda Mack.

— Personne n'est venu par ici de Cold Springs. Il a déjà neigé une fois. Vous retournez à Clark ? Ça fait combien ? Dix ans maintenant ?

— Ouaip, dix ans, dit Mack. Il reste encore du poisson dans ce lac. Comment va Deb ?

— Bien. Cette licence d'agent immobilier a vraiment changé notre vie, mais en même temps, comment être content de voir sa femme se fringuer tous les matins pour faire visiter des grandes demeures vides à des bonshommes bizarres ? Qui veut une grande demeure, de toute façon ? Mais elle est douée.

— Et Dougie ?

— Dougie pense que l'école, c'est le paradis sur terre. On a plein d'authentiques œuvres d'art collées sur la porte du frigo.

— Et là aussi, dit Mack en pointant du doigt des carrés et des visages coloriés accrochés à la paroi de la tente.

— C'est ça.

— Il a compris la philosophie d'ensemble. Des gens et des maisons. Tu as entendu des hélicoptères ? ajouta Mack.

— Non, M'sieur. Vous pensez que le vice-président est venu pêcher ?

— Je demande, juste. J'espère que non.

— C'est le meilleur café du Wyoming, dit Vonnie. Je suis bien contente que tu sois là.

— Arrêtez-vous en redescendant, leur dit Clay. Il y en aura au chaud. Si je suis en vadrouille avec ces types, vous entrez et vous vous le préparez. Et passez la nuit là si ça vous arrange.

Mack hocha la tête et désigna le journal d'un mouvement du menton.

— Mets-nous dans ton journal : les deux optimistes.

— C'est déjà fait, dit Clay. Amusez-vous bien.

Les deux marcheurs sortirent sous le soleil d'altitude et retrouvèrent le sentier. Maintenant, il montait en pente raide sur la première colline, en une série de longues épingles à cheveux. Il y avait des entailles peintes en jaune sur les arbres tous les trente pas. Une année, lors de leur partie de pêche, il avait neigé et ils s'étaient servis de ces signes pour retrouver leur chemin dans la descente, arbre après arbre, et arriver finalement au pick-up avec "les pieds les plus froids et les plus trempés de tous les temps" d'après Vonnie, et quand Mack lui avait tendu les épaisses chaussettes en laine roulées en boule qu'il avait sorties de la boîte à gants, elle s'était jetée dans ses bras si éperdument que le mot "chaussettes" devint leur métaphore pour les préliminaires. Les encoches étaient maintenant d'un jaune vif, recouvertes de sève en cette fin d'été.

Une heure plus tard, parvenus au sommet, ils déposèrent leur sac et s'y adossèrent, assis les jambes étendues, retrouvant leur souffle. Depuis le promontoire, ils avaient une vue dégagée vers le sud, au-delà des collines qu'ils avaient gravies, sept lignes de crêtes qui se perdaient dans la brume.

— Une seconde, dit Vonnie. Je vais faire pipi.

Elle partit sous les arbres.

Mack attrapa son BlackBerry dans la poche de son sac et composa le code de Yarnell. Il entra les données : 2 800 m, 20 km O de Crowheart. Lancer la recherche. Il avait dit à l'autre homme que cela revenait à chercher une aiguille dans un champ couvert de bottes de foin, et Yarnell lui avait tendu l'appareil en lui disant : "Oui, et c'est avec ça qu'il va *te* trouver. Si tu t'approches à moins d'un kilomètre et demi, le point bleu s'allumera." Mack glissa l'engin dans sa poche de poitrine et s'étira.

Une minute plus tard, Vonnie revint. Ils restèrent là un instant, raides, et reprirent leur sac à dos. Ils marchèrent une demi-heure sur la crête à pas mesurés, puis descendirent les quatre longs virages en épingle à cheveux qui les amenèrent à Cross Creek, un torrent qu'ils purent franchir d'un pas. Ensuite, la piste montait raide ; c'était le premier endroit où l'on aurait aimé avoir un cheval. Leur rythme resta lent et régulier. Ils avaient connu des sprinters, certains de leurs amis qui partaient à toute allure comme s'ils faisaient la course, puis qui s'arrêtaient pendant cinq minutes à chaque virage, soufflant à perdre haleine, et tous avaient eu la preuve qu'un rythme lent et constant, toujours plus lent et constant, était la meilleure façon et la plus efficace pour aller au bout d'une longue journée. Au sommet, ils s'assirent à nouveau et mangèrent une pomme, sans parler, avalant tout, jusqu'aux pépins. Derrière eux, deux pikas, perchés sur les éboulis, se mirent à crier, piaillant leur espoir de trouver des sucreries ou des trognons de pomme.

— Ils se souviennent de nous, fit Mack.

— Nous sommes des envahisseurs. Ils ont peur. Ce sont bien des pikas ?

Mack se tourna vers les rochers pour leur répondre en imitant leur cri perçant.

— Je croyais qu'ils vivaient seulement en Utah, dit Vonnie, reprenant une ancienne discussion qu'ils avaient eue à propos des petites créatures.

— Ces deux-là nous suivent, le cœur plein d'espoir. Je vais leur laisser quelques noisettes.

— Laisse-leur ton couteau et ta lampe de poche, grand homme des bois.

Ils burent un peu d'eau de leur gourde et reprirent leur marche. La pente était de plus en plus raide et la forêt devenait plus dense et plus sombre.

Une demi-heure plus tard, dans l'ombre épaisse, haletante, Vonnie marqua une pause sur les marches argileuses de la piste :

— Nous voici arrivés à ton élevage de lagopèdes.

Il leva les yeux et reconnut les lieux.

— Exactement. Un beau jour, je les attraperai. Ils seront délicieux.

— Tu ne vas pas remettre ça…

Une année, ils étaient tombés sur une douzaine de ces grands oiseaux blancs des montagnes, qui montaient la piste devant eux ; on les aurait presque crus apprivoisés, et Mack avait essayé d'en tuer un en lui jetant un morceau de schiste. Il pouvait s'approcher à trois mètres et leur lancer une pierre, les manquant de quelques centimètres. Les oiseaux n'avaient pas cédé à la panique et avaient poursuivi leur ascension. Il les appelait "dodos" tout en continuant à viser et à les rater.

— Tiens, il y a un dodo ici, avait dit Vonnie.

Tout en lançant des pierres sur le groupe imperturbable, Mack avait décrit la manière dont il cuisinerait l'oiseau, comme ce serait bien de faire rôtir la volaille sur un feu de camp. Puis il avait décrit la manière dont il fabriquerait une broche sophistiquée avec des tiges de saule vertes. Au bout d'une demi-heure, il avait abandonné la partie et les lagopèdes s'étaient égaillés dans les arbres et les avaient laissés passer.

— Je suis content qu'on ne puisse pas m'imputer leur extinction, avait dit Mack. Mais j'aurais été heureux de fabriquer cette broche.

Ils arrivèrent à Broad Meadow, une immense clairière à travers laquelle courait Cold Creek, un petit bijou. Des plaques de neige trouaient l'ombre plus loin. Le sentier conduisait droit au cours d'eau d'une magnifique couleur ambrée, aussi large qu'une route et profond d'un demi-mètre, qui scintillait sous l'éclat minéral du soleil.

— N'y pense même pas, Mack.

— C'est notre randonnée…

— C'est une randonnée, et on ne va pas s'embarquer là-dedans. On va pêcher à Clark et prendre un bol d'air, comme on a dit. Je suis contente que tu te sentes mieux, mais pas question.

Il l'avait toujours portée dans ses bras pour franchir le torrent, depuis la première année où il leur était apparu par surprise. Il l'avait soudain attrapée et jetée sur son épaule comme un pompier porte une victime, la tenant fermement sous les fesses, et tandis qu'il traversait avec force éclaboussures, elle avait ri à gorge déployée.

— Alors, c'est toi qui me portes, dit maintenant Mack.

Elle remonta le long de la berge jusqu'à l'endroit où l'on avait installé des pierres affleurantes, et elle traversa avec précaution et poursuivit son chemin sur la piste. Il la contempla un moment. Puis il s'accroupit et se jeta de l'eau froide sur le visage. Il se redressa et prit une grande inspiration, expira, puis lui emboîta le pas, gardant pour la première fois ses vieilles chaussures au sec tandis qu'il traversait Cold Creek.

Ils s'étaient mariés dans la cour du ranch devant une cinquantaine d'amis, la famille de Vonnie et les trois chevaux qui jouaient les témoins, alignés le long de la barrière du corral. Une demi-heure avant la cérémonie, son copain Chester Hance avait enlevé la mariée pendant que les demoiselles d'honneur posaient pour la photo sur des bottes de foin dans la grange. Il l'avait installée en amazone sur Rusty, comme pour un cliché, puis il était monté derrière elle et s'était engagé au trot sur le fameux chemin de randonnée à travers les trembles. Il avait fait tournoyer son chapeau en criant :

— Cette jeune femme se fait enlever ! Elle est trop bien pour cette épouvantable destinée !

Les demoiselles d'honneur s'étaient précipitées à la porte de la grange, elles pouvaient entendre Vonnie qui tentait vainement d'articuler *au secours* entre deux éclats de rire. Chester était un bon cavalier. Sa pittoresque demande de rançon avait été trouvée épinglée sur la porte de la grange, écrite sur un morceau de carton. La moitié des lettres étaient à l'envers, et ce fut le prétexte pour une nouvelle tournée générale. Le scénario exigeait que Mack emprunte la piste assis à l'envers sur Copper Bob en chantant *Home on the Range*. Le cheval savait ce qu'il devait faire, même monté par un cavalier retourné. Les invités du mariage le regardèrent disparaître dans la forêt, tourné face à eux, chantant joyeusement. Un moment plus tard, Chester réapparut seul sur son cheval lancé au galop en beuglant :

— Je me fiche que cette fille vienne de la côte Est, elle est plus sauvage que toutes les filles d'ici que je connais.

Quelqu'un cria :

— Comme si t'en connaissais !

Et les invités se tournèrent pour voir Mack et Vonnie redescendre ensemble la piste.

Sawyer Day, qui était juge de paix, présidait l'assemblée avec son joli petit nœud papillon, et ils firent un barbecue géant au milieu des parfums de ce beau jour de mai. Brett, le mari d'Amarantha, s'était chargé du méchoui ; elle avait installé juste à côté du porche un fabuleux buffet sur des tables improvisées avec des tréteaux. Les danses des cinquante invités ébranlèrent le plancher de la grange jusqu'à minuit, puis une heure ; l'orchestre de jazz et de bluegrass venait de Cheyenne, son chef était un ancien camarade d'école de Vonnie. Ils jouèrent l'heure supplémentaire gratuitement – un cadeau de mariage. Tandis que les pick-up sortaient en file indienne du ranch sous les cris des amis qui lançaient leurs derniers vœux de bonheur et leurs plaisanteries, Vonnie et Mack s'installèrent sur la balancelle du porche et le silence se fit, à l'exception des bruits de la maison qui retrouvait ses marques, elle qui n'avait pas vécu tant d'agitation depuis deux ou trois ans.

Ce fut le moment de transition entre l'ancien et le nouveau monde. En un moment comme celui-là, son père serait resté veiller avec eux sur le porche ; il aimait le calme de la nuit, quand le ranch s'endormait. Il se serait ensuite levé et en se tournant il aurait posé sa main sur l'épaule de Mack ; cette nuit-là, Mack sentit cette main, comme une bénédiction. Son père aurait descendu les marches du porche, en route vers la cabane, et sans marquer de pause il aurait effleuré le bord de son chapeau et levé son verre.

De loin, les chevaux regardaient le couple. Au bout d'une demi-heure, Vonnie avait dit :

— Me voilà chez moi.

— Nous allons garder cet endroit, avait dit Mack.

— D'une façon ou d'une autre, avait ajouté Vonnie.

— Ça ne rapporte pas grand-chose de faire des sites web branchés pour les citoyens de Jackson. Nous ne serons jamais de grands propriétaires terriens.

Pour Mack, les ténèbres de la cour étaient peuplées de fantômes. Il savait qu'il n'avait pas la carrure pour faire tourner une maison d'hôtes. Il ne pourrait jamais accueillir les pensionnaires avec la patience, la grâce – et la vraie gentillesse – dont son père faisait preuve. Il aurait eu le sentiment de jouer la comédie.

— Il y a des moyens, dit-elle. Je vais enseigner.

— Tu as épousé un ouvrier.

— Effectivement. J'adore que tu sois un ouvrier.

— Et toi, tu es un ange.

— Enfin, nous nous parlons. Embrassons-nous.

Les trois chevaux ne bougeaient pas, le regard fixe, dans le noir. Elle chuchota :

— Je ne t'ai pas épousé pour ce cheval. Rentrons.

Le soleil était maintenant à son zénith. Mack et Vonnie, à trois mètres l'un de l'autre, montaient le long de la piste, le soleil leur chauffant la nuque. Elle s'arrêta lorsqu'ils arrivèrent au bord du vallon rocailleux entre les deux montagnes verdoyantes. Le sentier muletier louvoyait sur un kilomètre et demi de talus éboulé, une ligne blanche dessinée sur la roche grise, ponctuée par des empreintes de fers à cheval qui dataient d'innombrables années. Le vent soufflait maintenant du nord, de plein fouet, s'engouffrant dans la moindre brèche.

— Montons jusqu'aux cairns et mangeons quelque chose.

— Cet endroit a toujours été étrange, dit-elle en lui emboîtant le pas.

Pendant un moment, le monde ne fut plus que roc et ciel, fouettés par le vent. C'était l'endroit où la terre finissait et où commençait le ciel, qui cherchait constamment à étendre son territoire. La piste était inégale et escarpée, chaque pas était un défi à l'équilibre. Mack et Vonnie avançaient les bras écartés comme s'ils étaient sur des skis. Les genoux de Mack le brûlaient quand ils arrivèrent au sommet, où ils trouvèrent un abri contre la morsure du vent. Ils s'assirent sur la crête, adossés à une paroi de granit en plein soleil, et regardèrent devant eux les pentes raides couvertes de pins des hautes vallées grandioses de la chaîne des Wind River. Au sud, un grand cirque entouré de pitons rocheux, Armitage, Bellow et Craig, des montagnes dont les reproductions se retrouvaient en pagaille dans des calendriers européens chaque année, des montagnes qui avaient pris cent vies, des montagnes dont chacune avait une douzaine de vilains surnoms, de ces surnoms que les grimpeurs donnent aux endroits dangereux, des noms mauvais et mérités. Au nord, les manteaux de résineux qui s'effilaient aux alentours des 3 500 mètres et laissaient apparaître les promontoires rocheux arrondis des plus vieilles montagnes du Wyoming, striées de lignes de roche argentée et coiffées de neige au sommet la plus grande partie de l'année.

— On monte jusqu'ici, et on peut à nouveau voir la planète, dit-elle.

— Notre planète.

— Elle n'est pas à nous.

— On n'en sait rien. On dirait la nôtre.

— Est-ce que tu as apporté des saucisses viennoises ? demanda-t-elle.

— Peut-être bien. Pour l'instant, j'ai ça pour toi.

Il lui tendit un pain pita frais et un gros morceau de cheddar jaune. Il ôta le couvercle d'une boîte de sardines à l'huile d'olive et en glissa la moitié dans son pain ouvert avec son couteau de poche.

— Toutes les catégories d'aliments, merci beaucoup.

Ils mangèrent en silence. C'était étrange et agréable, ainsi à l'abri du vent, et ils sentaient maintenant tous les deux les premiers frissons dus à leurs coups de soleil.

Ensuite, le chemin qui descendait la première pente ouest en terre battue serpenta entre sauges, buissons à baies et joncs, pour entrer à nouveau sous les arbres dans un endroit appelé le Passage à cause de l'immense squelette décharné d'un pin jaune surplombant la piste. Sur une énorme branche haute était suspendue une vieille paire de chaussures de marche desséchées qui étaient là depuis toujours. Chaque fois qu'ils croisaient quelqu'un pieds nus à Jackson, l'un d'eux disait : "Je sais où sont ses chaussures", ou encore : "Je sais où ce gars-là pourrait dénicher une paire de chaussures." La pente s'adoucit et ils traversèrent un bras de la rivière, un torrent qui n'exigea qu'un seul grand pas, puis le chemin en suivit le cours descendant. Il devint une vallée aux méandres serrés dans les deux directions, nord et sud. Le torrent bouillonnait à côté d'eux et ils accélérèrent le pas. C'était à cet endroit que Mack commençait toujours à sentir enfin qu'il était loin de son pick-up, loin de la ville, loin de tout. Il pouvait enfin respirer ; l'accord était presque parfait.

De là, Mack voyait les virages serrés de la piste de l'ouest qui menait, après le col, à Jackpine Lake – qui en fait était composé de trois lacs – où son père l'avait amené quand il avait dix ans. Il se rappelait une expédition formidable, et une leçon. Pendant le voyage, son père lui avait parlé :

— Qu'est-ce qu'on a maintenant ?
— Pardon ?
— Combien de chevaux ?
— Onze.
Mack les connaissait par cœur.
— Ici, rectifia son père, maintenant ?
— Aucun. Pas un cheval.
— Et combien d'acres, de ranchs, de bâtiments, petits et grands, de tracteurs, de selles, de tables, de chaises, d'échelles et de barrières en tout ?
Mack regarda le visage de son père concentré sur la route. Le sourire à peine esquissé.
— Aucun ?
— Tu as raison, Mack. Il n'y a que nous, le pick-up et notre matériel, à ce que je vois. Tu me suis ?
— Oui, Père, je te suis.
Au départ de la piste, ils avaient préparé leurs affaires, et lorsqu'ils avaient fini l'ascension de la première colline, il avait dit :
— Et combien de camions ?
— Aucun, avait répondu Mack.
Ils avaient campé à Jackpine, entre les lacs, et le jour suivant, ils avaient contourné Larger Jackpine et son père avait dit :
— Et là, pas de tentes, pas de casseroles, pas de fourneau.
— Des sacs et du matériel de pêche, avait ajouté Mack.
De l'autre côté, il y avait des éboulis, qu'ils avaient franchis. D'abord ils avaient dissimulé leurs sacs puis s'étaient avancés avec précaution jusqu'au bord pour pêcher.
Mack connaissait déjà les réponses.
— Nos cannes et du matériel.
— C'est à peu près ça. Tu as ton couteau, Mack ?
— Mon couteau et des allumettes. Et quatre mouches.

— Bon, c'est parfait, avait dit son père. Maintenant, nous sommes à peu près nous-mêmes. Tout s'organise très bien. Trois lacs, et trois jours. Nous arrivons à une très jolie arithmétique. (Il sortit un peu de ligne puis la ramena en arrière, prêt à lancer.) Pêchons.

Mack avait regardé son père, les manches roulées, caresser de sa mouche la surface mystérieuse des eaux bleu-marron, et cette ligne délimitait le monde connu de l'inconnu. Mack se demanda comment il saisissait la profondeur de cette petite anse, comment il savait où les poissons se trouvaient, comment il savait tout ce qu'il savait. Ces questions semblaient toucher Mack en plein cœur, ce qu'il ressentit comme simplement de l'amour, l'ardent désir d'être à la hauteur, de maîtriser l'arithmétique.

Le torrent rejoignait la Wind River dans une clairière boueuse, constellée d'empreintes de bêtes, des traces laissées par des cerfs, des wapitis, des élans, tout un monde. Mack fit le tour de la clairière et poussa du bout de l'orteil un petit tas de crotte d'ours.

— Celui-ci s'est mis au chewing-gum. Il y a un ours gavé de papier d'aluminium dans ces bois.

Le soleil était franchement descendu à l'ouest, maintenant, les ombres avaient changé, le jour avait tourné. Ils montèrent le long de la Wind River jusqu'aux deux arbres abattus formant un pont qu'ils avaient franchi toutes les fois. Ils traversèrent la rivière et s'assirent.

— Tu ressens les effets de l'altitude ?

— Je crois bien. Buvons un peu d'eau.

Trois cerfs remontèrent le long de la berge, les virent, firent demi-tour et repartirent.

— C'est un beau sac que Kent t'a acheté là.

— C'est moi qui l'ai acheté.

— Pour cette randonnée ?

— Pour mes randonnées.

— Et Kent, il marche ?

— Ça lui arrive.

— À deux cent soixante-quinze dollars de l'heure, ça coûte cher, la randonnée pour un gars comme lui.

Vonnie se mit debout et hissa son sac sur son dos, bien haut sur les épaules, et serra la ceinture autour de sa taille. Elle tourna le dos à la rivière et prit l'ancien chemin dans les pins. Un kilomètre et demi plus tard, elle marqua une pause au bord du lac supérieur. Mack la rejoignit et ils admirèrent le paysage en contrebas.

— Où va-t-on s'installer ?

— On a toujours campé à Valentine.

C'était leur secteur.

— Où va-t-on camper aujourd'hui ?

Mack leva le menton.

— Allons là-bas, dit-il. Je connais un endroit où il y a un foyer en pierres et du bois pour le feu.

Valentine Lake était un cœur d'une vingtaine d'acres d'un bleu argenté, entouré jusqu'aux berges de pins et de grès rouge. Ils s'approchèrent du bord de la corniche et le virent se déployer comme si sa création datait du matin même. Ils le contournèrent vers l'ouest et escaladèrent les éboulis en terrasse jusqu'au surplomb de pierre où ils étaient déjà venus auparavant. C'était un espace plat, aisé pour installer la tente. Les rochers formaient une sorte de pièce pratique pour s'asseoir et caler les sacs. Le foyer était toujours en place et, chose remarquable, il n'avait pas été utilisé ; cet endroit n'était sur aucune piste balisée. Ils avaient ramassé les six pierres, chacune de la taille d'un gros dictionnaire, dix ans auparavant, et les avaient placées sur un lit de terre au-dessus du lac. Mack se défit de son sac et l'appuya contre l'un des rochers. Il s'éloigna vers les arbres, les compta jusqu'au dixième et trouva la grille métallique exactement là où il l'avait accrochée. Posée sur trois pierres, elle formait un réchaud parfait.

— On a tout ce qu'il nous faut, dit-il en la rejoignant.

Vonnie n'avait pas bougé, le sac toujours sur le dos. Elle marcha jusqu'au bord du campement, les mains croisées dans le dos, une expression étrange sur le visage.

— C'était une très mauvaise idée.

Il avait déjà vu ce visage, à peu près un an auparavant. Il dit :

— Allons chercher du bois pour le feu.

Le jour s'était évanoui dans les nuées du crépuscule, et la surface du lac ressemblait à des myriades de pièces scintillant dans la brise. Elle regarda Mack et il se figea.

— Comment va Trixie ?

Il croisa les bras.

— Sérieusement, comment va-t-elle ?

Il savait qu'il n'allait pas pouvoir y couper, mais ce n'était pas dans sa nature.

— Elle s'appelait Trisha.

— Trixie.

Mack attendit, mais il savait que garder le silence, c'était mentir, et il en avait fini avec ça.

— Et elle est partie. Tu le sais bien.

— Oh, que s'est-il passé, gros malin ? Tu lui as menti ?

— Arrête, Vonnie. Je veux dire, tu n'as pas besoin de faire ça.

— Laisse tomber.

Il avait résolu du fond de son amertume de dire les choses comme elles étaient, de ne pas esquiver ni feindre. C'était une des choses les plus difficiles qu'il eut jamais faites, et cela le faisait souffrir chaque fois avant que le soulagement ne l'apaise. Il détestait avoir cette conversation ici, dans leur camp au-dessus du lac, mais il était prêt.

— Trisha n'est plus là. J'ai commis une erreur. Une série d'erreurs.

— Seulement une série ?

— Vonnie…

— T'es-tu contenté de lui mentir ?

— Arrête.

— Oui. C'est une question stupide, n'est-ce pas ? Demander à un menteur s'il a menti.

— Vonnie… Allons chercher du bois.

— Menteur. Un mentopathe pathologiquement menteur.

— J'ai cessé de mentir.

— Oh, quand ? Il y a dix minutes ? Comment un menteur cesse-t-il de mentir ?

— Vonnie.

— Ça se fait par une ablation quelconque ?

— Vonnie.

— Yvonne. Et n'allons pas chercher du bois. Ne faisons pas de feu. Montons simplement à Clark Lake.

Elle pleurait maintenant, son sac tremblait sur son dos.

— Attrapons un poisson et tirons-nous de ces putains de montagnes.

— Tu aimes ces montagnes.

— Je les aimais, autrefois. (Son sac trembla de plus belle.) Mais elles grouillent de menteurs, maintenant. Tu as détruit même les montagnes.

— Veux-tu que nous campions ailleurs ?

Elle ne répondit pas mais se tourna et resta là, à regarder la surface du lac ondoyer dans le crépuscule montagneux.

— Je suis désolé, Vonnie.

Maintenant, il avait aussi le sentiment d'une erreur, de toutes les erreurs.

— C'était le mauvais endroit, vraiment un mauvais choix. Je suis désolé.

— Valentine Lake, dit-elle. Va chercher du bois.

Le vent soufflait encore, mais le petit feu résista et s'épanouit. Mack réchauffa la soupe à la tomate, comme toujours, et fit griller le pain au bout de sa fourchette à long manche pour qu'ils puissent en tremper des morceaux dans leurs bols. Le feu réchauffa aussi l'atmosphère. Vonnie ôta ses chaussures et enfila ses mocassins, assise à côté du brasier. Ils avaient défait leur paquetage et Mack avait monté sa tente. Vonnie lisait, tenant le volume bien à plat pour qu'il soit un peu éclairé.

— Comment ça va, à l'école ? demanda-t-il.

— Ça va bien. Chaque fois qu'ils rognent sur le programme de musique, un parent riche monte au créneau. Quelqu'un nous a donné un piano à queue, mais nous n'avons pas de pièce où le mettre, alors maintenant ils construisent une nouvelle salle. Il y a beaucoup d'argent dans cette ville, mais il ne sort que dans certaines circonstances.

— Un piano à queue…

— Ouais, et Kent a monté un comité qui lève des fonds.

— Il doit être bon dans ce genre de choses. Et il a donné une voiture à l'école.

— Oui.

Mack avait essuyé les bols et il les enveloppa dans le torchon.

— J'imagine qu'il ne voulait pas que tu viennes.

— Exactement. Il te déteste. Tu n'aurais jamais dû déconner avec sa voiture.

— Je n'aurais pas dû faire tout ce que j'ai fait cette dernière année, Vonnie, mais fracasser le pare-brise le plus cher de Jackson, ç'a été pour moi l'acte le plus pur que j'aie jamais commis.

— Tu étais saoul ?

— Je l'étais depuis, disons, cinq mois.

Mack se tourna vers elle les mains ouvertes.

— Je suis désolé, Vonnie, vraiment désolé. Mais le plus important, c'est que c'est fini, tout ça. C'est fini, la rage du désespoir. J'étais perdu, complètement perdu.

— Comment c'était, la prison ?

— Ça, c'est une bonne question. Tu disais toujours que j'étais handicapé par ma fierté, tu te souviens ?

— C'était vrai.

— Oui. La prison m'a guéri de ça. Je ne suis plus fier. La prison, c'est la prison, et j'y ai passé des semaines, et ces semaines étaient les mêmes que beaucoup d'autres semaines de l'année dernière. J'ai réglé mes comptes partout, à l'exception de deux excuses et des factures. Des factures et trois excuses à faire, mais j'y arriverai.

— Qui occupe le ranch ?

— Jessups. Il avait prévu de prendre des moutons, mais d'après ce que je vois, il se contente d'y vivre.

— Est-ce que tu en tires un loyer potable ?

— Il est potable avant que je retire le coût des chevaux et l'entretien. Je suis un peu dans le rouge, mais je travaille sur des projets.

— Est-ce que Yarnell a tenu parole ?

— En quelque sorte.

Mack ajouta des bouts de bois dans le feu. Les dernières lueurs du jour s'étiraient autour des sommets rocheux et le crépuscule allait durer une demi-heure. Il fallait à la nuit beaucoup de temps pour tout envahir.

— Kent dit que tu es en cheville avec Yarnell et que Yarnell est l'ennemi, un escroc.

— Il doit être au courant.

— Il le serait bien avant toi.

— Eh bien, j'ai des projets, c'est tout.

— Tu pourrais tout vendre et partir.

— Oui, et pour aller où ? Où vont les gens, Vonnie ? À San Diego ? Je suis trop ours pour m'adapter là-bas. C'est ici que je vis.

— Tu te bats contre tout le comté.

— Je veux juste garder le ranch. Rester sur le droit chemin et faire ce que je peux pour garder le ranch.

— Et la banque ?

— La banque, c'est la banque. Ils étaient avec moi, et maintenant, c'est eux qui prennent des décisions. Tu veux que je vende pour récupérer ta part ?

— Mack, est-ce que tu as regardé les lettres ?

Il avait toujours les cinq lettres couleur ivoire cachetées dans le secrétaire de son père.

— Pas encore. Je suis certain qu'elles expliquent ta position. Ce sont de très belles enveloppes, Vonnie. Ce type a de la belle papeterie. Selon ma théorie, les belles enveloppes contiennent toujours des mauvaises nouvelles. Je peux attendre si toi tu peux.

— Tu as toujours ta fierté. Et tu es bête comme un caillou.

— J'espère pour toi que les cailloux ne t'entendent pas parler comme ça.

Il y avait eu une douzaine de hauts et de bas avant que Mack ne plonge très bas. Il avait toujours vécu à la limite de ses moyens financiers et il était fatigué de cette situation. Après leur mariage, il avait été obligé de louer le ranch. Vonnie et lui s'étaient installés à Driggs, de l'autre côté de la frontière de l'État, dans un vieux mobile home réaménagé au bout d'une route où ils avaient passé l'année la plus grise de sa vie. Au début, ça fonctionnait. Il sentait bien les économies qu'ils faisaient, presque quatre cents dollars par mois, les échéances de prêt honorées, mais cet endroit était à flanc de colline, il y faisait toujours froid, et le plancher n'était même pas droit. Qu'importe, ils étaient amoureux et pauvres et si bien, mais ensuite, ils s'épuisèrent à être pauvres et ils abîmèrent leur amour. Ses parents à elle leur offrirent de l'aide, qu'ils acceptèrent ; cela rendit Mack malade et il prit ce sentiment pour de la faiblesse qu'il ne parvint pas à transformer en quelque chose de positif.

Il se souvint d'un jour où elle était sortie de la petite baignoire en fer-blanc, vêtue seulement d'une chemise et brandissant une culotte en pleine lumière ; elle était usée jusqu'à la corde et Vonnie riait : "Nous voici, aux jours de gloire, avec mon cul à un millimètre du monde. Si je dois aller à l'hôpital, renouvelle mes tiroirs avant, s'il te plaît. Promets-le-moi. Va chez Woolworth's et prends-moi une grande culotte en coton blanc avant qu'ils m'opèrent."

Elle riait, sans pouvoir s'arrêter, alors il avait tout encaissé et ri avec elle, le pauvre propriétaire de ranch à un millimètre de perdre son acte de propriété. Mais il accusa le coup et le désespoir était semé. Il faisait des petits boulots, l'un d'entre eux dans un drugstore-librairie qui faisait aussi le commerce de spiritueux en drive-in à Driggs, et elle donnait des leçons de piano dans différents ranchs. Au printemps, quand ils s'installèrent à Jackson dans une maison de ville de trois pièces à cent dollars au-dessus de leur budget, le fermier à qui ils avaient loué leur épouvantable caravane la tracta jusqu'à sa maison d'été et l'enterra pour qu'elle serve de fosse septique. Ils avaient ri de ça aussi. C'était il y a sept ans, ou six, il ne savait plus.

Il se leva.

— Tu veux pêcher ? Il y a encore un peu de lumière.

— Il fait froid et je suis fatiguée, commença-t-elle, mais ouais.

— OK, descendons.

Ils s'équipèrent au camp et descendirent les quinze mètres jusqu'au lac. Trois rochers dépassaient de l'eau, chacun aussi gros qu'un autobus. Ils s'installèrent sous le vent et lancèrent dans les endroits où se reflétait la berge.

— Content de ta sélection de mouches ? demanda-t-elle.

C'était une vieille plaisanterie. Il n'y avait pas de sélection. Il n'avait qu'un seul modèle de phrygane en une seule taille, mais il en avait une vingtaine.

— Parfaite, répondit-il. Elles aiment ces bestioles.

Il avait accroché un flotteur rouge et il lança à vingt-cinq mètres droit devant lui, le vent arrondissant sa soie.

— Un flotteur ? demanda-t-elle.

— J'aime bien m'en servir une fois puis le mettre de côté.

La lumière baissait imperceptiblement. Un point de l'autre côté du lac devint un aigle, un croissant qui traça une courbe pour se poser à côté d'un autre dans les plus hautes branches du squelette d'un énorme pin mort. Vonnie les observa avec ses jumelles.

— On est allé chez REI, on dirait.

— Elles sont très bien, dit-elle en les lui tendant.

Il fut surpris par leur puissance. Il voyait les plumes de leur jabot frissonner.

— Ce sont la mère et la fille.

— Tu n'en sais rien.

— Ce sont des filles. Vois comme elles sont calmes.

Il lui rendit ses nouvelles jumelles.

— Je reviens, dit-il en coinçant sa canne avec une pierre.

Mack remonta jusqu'au camp et regarda Vonnie se préparer pour un nouveau lancer. Il alluma le BlackBerry et saisit les coordonnées. Il lui faudrait être à moins de mille cinq cents mètres pour recevoir un signal de l'objet perdu, et il ne savait pas si cela correspondait à son champ de vision. Les probabilités étaient délirantes. Il composa : 10.5K Valentine. Envoi. Il éteignit l'engin et le contempla, puis le rangea dans sa poche. Il formait une bosse gênante, tout comme l'ensemble de l'affaire.

Il était sorti de prison depuis deux semaines lorsque Yarnell l'avait appelé. Ils étaient restés en contact ces dernières années ; Mack effectuait des petits contrats payés comptant, du piratage light, pour Yarnell en échange de quelques billets de temps en temps. Ce fut un appel étrange, mais ses appels étaient tous étranges ; chaque fois que Mack se retrouvait avec Yarnell, il le sentait au plus fond de ses tripes. Cette histoire allait lui attirer des ennuis, mais Mack avait l'impression que c'était tout ce qu'il méritait. Et il y avait toujours la question de l'argent. Yarnell lui donna rendez-vous au Tropical, le bowling branché de Jackson. Tout en y allant à pied ce soir-là, Mack se dit qu'il était tombé bien bas, un rendez-vous avec un escroc dans un bowling. Il savait que c'était la voix de son père, et il se redressa. Il avait perdu du poids en prison, il resserra sa ceinture en cuir ouvragé jusqu'à l'ancien trou. Tu n'es pas en position de choisir tes fréquentations, se rappela-t-il. Il faut que tu arrives à faire marcher quelque chose. Il va te faire une proposition et tu vas l'accepter, bonne ou mauvaise. Puis, dans la nuit d'été, il ajouta à haute voix :

— Mais pour qui tu te prends, cow-boy ?

Le bowling avait vécu les dernières heures de son âge d'or quand Mack était au lycée, puis il s'était dégradé, était devenu un lieu sordide ; il avait été repeint deux fois, et aujourd'hui, c'était un endroit à la fois rétro et ringard que fréquentaient les agents immobiliers véreux et les touristes allemands et japonais. L'enseigne était magnifique : la grosse quille blanche en néon s'éclairait trois fois en tournoyant par à-coups : debout, couchée, à l'envers ; debout, couchée, à l'envers. Mack l'entendit bourdonner en passant au-dessous.

Yarnell lui fit signe depuis le parking recouvert de graviers et Mack approcha ; il monta dans la Land Rover noire. Mack avait décidé de laisser l'autre, plus âgé, parler le premier.

— Tu as eu des ennuis, dit Yarnell. Désolé.

— Ouais.

Il faisait un effort, maintenant.

— C'est Chester qui vous a mis au courant ?

— Il n'a pas dit grand-chose, mais oui, c'est lui.

— Je suis sorti.

Comme toujours, Charley Yarnell avait l'air raffiné, avec ses lunettes cerclées de métal doré et son grand front. Il portait une chemise à carreaux rose à deux cents dollars, avec un stylo en argent glissé dans la poche brodée. Mack avait vu des chemises comme celle-là au ranch. On en voyait une douzaine tous les samedi soir à Jackson. Les courtiers en portaient lorsqu'ils venaient passer des vacances dans l'Ouest.

— Est-ce que je peux t'aider en quoi que ce soit ?

— Mon ranch n'est toujours pas à vendre.

— Je sais, fiston, mais ce ne sera pas la peine de le mettre en vente si l'emprunt n'est pas honoré. Je n'aurai qu'à me manifester et réclamer la jolie propriété.

Mack avait la main tendue et touchait presque la poitrine de Yarnell.

— Pas de *fiston*, Charley. Parlons, c'est tout.

— Que t'est-il arrivé ?

— Trop de choses pour que je les raconte. Disons qu'il n'y a pas longtemps, je me suis fait arrêter en train de casser un pare-brise à environ six rues d'ici. J'étais saoul et je croyais avoir une bonne raison de le faire. Et j'ai fait pire, des choses pour lesquelles ils ne m'ont pas attrapé.

Cela lui éclaircissait toujours les idées d'admettre cela.

— Écoutez, je peux descendre de votre voiture immédiatement.

Il se tourna vers Yarnell et vit que l'autre l'observait. Il y avait quelque chose en lui que Yarnell aimait bien, et Mack se doutait qu'il devait s'agir de ses points faibles.

— J'ai un boulot pour toi, si tu veux. De l'argent, et tu en as besoin.

— Je suis ouvert à toute proposition. J'imagine qu'il ne s'agit pas d'ordinateurs.

— Il s'agit d'un avion. Tu te souviens des drones que tu as vus chez moi ?

— Oui.

Quelques étés auparavant, Mack était allé chez Yarnell, à une centaine de kilomètres vers l'ouest. Depuis la route, on aurait dit un ranch, mais derrière la maison, la grange et la remise à outils, il y avait vingt acres de blé d'hiver, puis une étroite piste d'atterrissage asphaltée et quatre petits hangars.

Il fallait baisser la tête pour tenir debout dans deux d'entre eux. Charley Yarnell possédait deux Cessna, dont l'un était un bimoteur bleu, et un hélicoptère biplace, un Grasshopper, sous un auvent en toile. Mais il avait pris le temps de montrer à Mack sa douzaine de drones, des petits engins gris avec un seul moteur à réaction dont les prises d'air étaient de la taille de bouteilles d'un litre.

— Voici l'avenir. C'est là qu'il y a de l'argent.

Il pouvait les faire décoller sur moins de vingt mètres – ils pesaient moins de quarante-cinq kilos – et il les pilotait avec des boîtiers portatifs ou à partir des ordinateurs qui se trouvaient dans un des hangars.

— Ils sont programmés pour être attachés à cette piste, avait-il expliqué. Latitude, longitude et altitude. (Il montra du doigt le panneau de commandes sur le côté du fuselage :) Je rentre seulement l'heure de l'atterrissage et la vitesse du vent.

Yarnell employait le vieil ami de Mack, Chester, et toute la petite installation était parfaitement en ordre. Chester avait été au lycée avec Mack ; il l'avait salué de l'autre bout du petit hangar et avait poussé un des petits avions sur la piste dallée avec une longue perche. Quand il s'était approché, il avait serré la main de Mack et demandé :

— Comment va le ranch, cow-boy ?

— Loué pour le moment.

— C'est dur pour les ranchs dans ce pays, avait dit Chester. Faut que t'y retournes et que tu t'en occupes.

Yarnell s'était approché et Chester lui avait tendu le boîtier de contrôle.

— Ça se pourrait. Et maintenant, toi, t'es pilote ?

— Eh oui. J'ai fait une école d'aviation. Tu adorerais voler.

— Il y a trop de montagnes dans ma vie pour qu'on y mette un avion.

Yarnell avait donné le boîtier à Mack pour qu'il le voie de près ; il avait pris la perche à Chester et redressé le petit avion, puis lui avait rendu la barre sans un regard.

— Ce monsieur a des avions. Certains n'ont pas besoin de pilote ; ça te montre à quel point c'est difficile de voler.

Un gros camion-citerne bleu étincelant était arrivé dans la cour. Chester s'avança pour serrer à nouveau la main de Mack.

— Content de t'avoir vu. Faut que j'aille prendre une livraison de carburant. Salue Vonnie pour moi et va retrouver tes chevaux, cow-boy.

— J'y songerai, Chester.

Yarnell montra à Mack les manettes de contrôle, puis il marcha vers quatre chaises de jardin blanches installées à l'ombre du hangar. Il lui montra comment appuyer sur l'interrupteur et maintenir le bouton rouge enfoncé ; le moteur se mit en route – c'était plutôt un chuintement qu'un rugissement. Yarnell reprit le boîtier et utilisa le joystick pour propulser brusquement l'avion en avant, comme un objet qu'on aurait lancé ; il se retrouva instantanément dans le ciel, et quelques minutes plus tard, il était hors de vue. Ils burent du café pendant vingt minutes, assis là, et tout ce temps, Mack observa les bancs moutonneux des cumulus qui, comme une haie, barraient l'horizon du ciel bleu ; il était à la recherche de l'avion. Yarnell avait poussé l'esbroufe jusqu'à déposer le boîtier par terre.

— Il est là, avait-il dit, en tendant un index.

Mack vit le point gris à nouveau, remarquablement petit, descendant maintenant comme un jouet et virant sur l'aile au bout de la piste ; il atterrit en quelques gracieux rebonds, le moteur coupé.

— Sans les mains, dit Charley.

— Où est-il allé ?

Yarnell le regarda.

— Mystère… Je loue ces engins au gouvernement.

— Ils n'en ont pas à eux ?

— Ça, c'est un vrai mystère. Je voulais juste que tu voies ce qu'on fait.

Mack avait jeté un œil à Chester qui avait grimpé sur le camion-citerne, une clé anglaise à la main, et il s'était senti un peu mieux par rapport à toute l'affaire.

Assis avec Yarnell dans sa Rover, sur le parking du Tropical, Mack demanda :

— Quel est le boulot ?

— Nous avons perdu un morceau de quelque chose. C'est tombé d'un avion. C'est à peu près de la taille d'un livre.

— Dans les montagnes ?

— Dans les Winds.

— Une sorte de truc secret ?

— Oui, c'est un peu ça.

— C'est radioactif ?

— Non. C'est juste trop compliqué à expliquer. Mais c'est comme un détonateur, une empreinte digitale. Et ils en ont besoin. C'est l'élément central, le prototype.

— Un nouveau drone.

— Exact.

Mack demanda :

— Ce détonateur, à qui il appartient ?

— C'est le nôtre.

— *Le nôtre*, comme *à nous* ? demanda Mack. Qui est-ce, *nous* ?

— Il vaut dix mille dollars pour toi si tu peux me le retrouver.

Mack regarda la grosse quille passer d'une position à l'autre. Derrière, les ténèbres étaient éclairées par les enseignes des bars de Jackson, et la silhouette de la ville haute de deux étages se découpait sur fond de montagnes. La vue des immeubles avait toujours déconcerté Mack. Ce n'était pas Jackson en soi, c'étaient toutes les villes. Il y avait, selon lui, quelque chose qui clochait, quelque chose de sinistre dans cette entreprise, quelque chose qui ne collait pas. Il pouvait le supporter, mais ça ne durerait plus très longtemps.

— Et si c'est complètement cassé ? Il a dû être pulvérisé.

— Si je pouvais en être absolument certain, cela vaudrait l'argent que je suis prêt à mettre.

— Qui d'autre le veut ?

— Je ne sais pas. Je ne sais pas qui est au courant.

— Je parle des Chinois, par exemple. Est-ce qu'ils ne vont pas grimper partout dans les montagnes ?

— Ça me paraît impossible.

— Qui d'autre avez-vous recruté ?

— Personne.

— Et vous ne pouvez rien me dire d'autre ?

— Ça ne serait pas sûr.

— Qui d'autre dans cette région est au courant ?

— Je ne sais pas.

Mack réfléchissait le plus vite possible.

— Quand est-ce qu'ils l'ont fait tomber ?

— Il y a deux jours.

— Est-ce qu'il émet un signal ? Il a un GPS ?

— Non. Enfin, oui, un signal faible. Maximum un kilomètre et demi. Je connais le plan de vol et je sais à quelle heure il a disparu. C'est un engin volant expérimental et ils ne veulent pas perdre cette pièce, ni la laisser là-bas dans la nature. C'est un appareil plus gros, beaucoup plus gros que ceux que je t'ai montrés. (Il déplia la carte topographique. Un grand ovale orange était dessiné, qui couvrait toute la diagonale.) Il se peut que nous ne le trouvions pas, que nous n'en trouvions pas trace, et ça, ça te rapportera cinq mille. Mais il faut que tu ailles voir. On en a besoin.

Yarnell affichait ce visage si sincère que savent prendre les grands menteurs, une expression que Mack connaissait bien.

— Je ne sais pas où il se trouve, dit-il. J'ai besoin de toi. Les chances sont faibles, mais tu connais le coin.

— En partie, dit Mack.

Au bout d'une minute, il ajouta :

— J'emmène Vonnie.

— Je pensais que...

— Vous avez pensé quoi, Monsieur Yarnell ? C'est une amie. Est-ce dangereux d'une façon ou d'une autre, ou s'agit-il juste d'une balade dans les bois ?

— Une balade.

Il ouvrit la boîte à gants et sortit une liasse de billets de cent. Mack vit sa propre main s'avancer et saisir l'argent. Vingt billets.

— Une avance. Bonne chance. Va faire une partie de bowling et manger un sandwich. Tu sais comment marche le BlackBerry. Normalement, ce sera une balade dans les bois.

Une fois l'argent dans sa poche, Mack n'était plus en position de dire quoi que ce soit. Il fit un effort pour ouvrir la portière et se laissa glisser jusqu'au sol. Cette dernière année, chaque fois que quelqu'un avait tendu à Mack un paquet d'argent, il avait senti le poids de la honte et cette fois-ci ne faisait pas exception. Il en avait le goût dans la bouche. Mack entendit la voiture reculer et quitter le parking. Il passa sous l'enseigne bourdonnante et entra dans la grande salle qui sentait la bière et résonnait du fracas des quilles assourdi par la moquette.

Le vent se leva comme chargé de grandes ombres, et maintenant que le soleil s'était couché, le froid s'intensifiait. Vonnie pêchait toujours jusqu'à ce qu'il donne le signal du départ ; elle ne renoncerait jamais la première. Le flotteur de Mack ressortait sur l'eau du lac, il n'y avait rien de plus déplacé.

— Ils sont bien là, dit-il, mais laissons-les pour ce soir. Il fait frais.

La montagne lointaine s'était évanouie dans les ténèbres et les oiseaux s'étaient tus.

— Encore un coup, dit-elle, en décrivant un arc élégant avec sa ligne pour envoyer la mouche à l'abri de la berge rocheuse à une douzaine de mètres de là.

Elle rembobina sa soie et se tourna vers lui. Un sourire était apparu sur son visage et il le remarqua. La pêche marchait. C'était quelque chose qui marchait encore.

Une fois qu'ils furent rentrés au campement, Mack alimenta le feu et le protégea du vent avec une petite bûche, au cas où ils se lèveraient au milieu de la nuit et auraient besoin de le raviver pour se faire un thé ou un chocolat chaud ; puis il rentra sous sa tente et enfila son pantalon de survêtement. Il avait l'impression d'être un homme échoué sur une plage après avoir tenté de se noyer. Il avait mal aux épaules. Comment avait-il pu commettre de telles erreurs ? Dix ans avaient passé, et il se retrouvait seul sous sa tente. Il grogna, une habitude qu'il détestait chez lui, mais c'était mieux que les jurons, dont il avait mis des mois à se débarrasser. En montant dans sa voiture, il s'exclamait

"Putain", et après avoir regardé autour de lui, retirait silencieusement ce qu'il venait de dire. Il prit une grande inspiration. La migraine causée par l'altitude lui serrait la tête comme un chapeau trop étroit. Il entendit des bruits, mais ce n'était rien ; la première nuit en haute montagne, il lui semblait toujours que les bois étaient pleins d'agitation. Il ressortit de la tente et tendit sa corde à linge dans le noir ; il y accrocha le torchon bleu et vert avec une pince à linge en bois. Il avait toujours des pinces à linge. Vonnie s'était installée contre le rocher, sous le vent, parmi les aiguilles de pin.

— Tu veux une place sous la tente ?

— Ça va, dit-elle en s'enfilant dans son sac de couchage. Ce duvet va jusqu'à -30 °C.

— C'est bien. Tu n'auras pas besoin d'une pierre chaude.

Elle lui lança un regard noir. Lors de leur troisième expédition, il avait brûlé son sac de couchage avec une pierre qu'il avait sortie du feu.

— Tu veux une histoire ?

— Oh, Mack, pas ce soir.

— C'étaient de beaux aigles. Je me demande si on verra notre hibou.

— Ce n'est pas le nôtre, fit-elle remarquer.

— Si, c'est le nôtre.

JOUR TROIS

À L'AUBE, LA VOÛTE DU CIEL montagneux passa du gris au doré en une minute, comme une voile gonflée par le vent, et quand Mack leva la tête à l'instant où les premières flammes montaient du tas de petit bois qu'il avait disposé, un vertige lui voila les yeux comme un nuage. C'était étrange de voir que des moments comme ceux-là effaçaient ses soucis, mais ce n'étaient que des moments. Le petit feu grandit, clair et sans fumée, et il le nourrit de brindilles et de branches plus grosses qu'il avait brisées la veille au soir. Sa poêle était posée sur le sol à côté de lui, déjà badigeonnée d'un doigt de beurre ; il agita le petit pot de pâte à pancake de la main gauche. La vieille cafetière en fer-blanc remplie d'eau était posée sur une pierre. L'air était vif à l'ombre de la montagne, et seuls les sommets les plus distants à l'ouest brillaient d'un éclat argenté dans le soleil. Sa tente était hérissée de cristaux de givre et la forme de Vonnie était dessinée en paillettes scintillantes sur son sac de couchage. Elle dormait encore. Mack ajouta deux petites bûches dans le feu et en posa deux autres en croix par-dessus, posa le pot dans la poussière et s'enfonça sous les arbres. Il avança d'une cinquantaine de mètres et s'appuya contre un arbre mort, le BlackBerry à la main. Pas de signal, disait-il. Le froid le saisit. Valentine Lake apparaissait en contrebas comme une immense plaque de verre gris. Dans les anses, au loin, il voyait la ligne blanche de la bordure de glace qui formait une dentelle de quelques dizaines de centimètres le long de la berge.

Il observa les anneaux qui se dessinaient à la surface, dix, puis cent à mesure que les poissons montaient se confronter au monde. Il avait vu les insectes sur l'eau la veille, des moucherons blancs minuscules, presque invisibles, que les truites préféraient à ses vilaines boules de poils artisanales. Il n'avait jamais adopté les canons de la pêche à la mouche, à la manière des guides et des dandys de Jackson. Il avait vu leur matériel, aussi précis et élégant que de l'horlogerie, et leurs mouches qui ressemblaient à de fabuleux croisements entre des bijoux et des semi-conducteurs. Il n'avait toujours attaché qu'une seule mouche, brune, rêche et grosse comme une touffe de crin, disait son père. Prends-en deux et balaie la grange. Mais – et cela aussi faisait sourire son père – elles étaient efficaces. Il n'attrapait pas les petits, ni les plus malins, ni les poissons des rivières réservées qui voyaient passer du matériel sophistiqué jour et nuit durant toute la saison, mais Mack attrapait les poissons qu'on garde, ceux qui s'attardaient dans les endroits où il faisait faim. C'était là tout le secret : aller chercher les poissons aux endroits où ils ne vous ont jamais vu. Il essaya à nouveau : pas de signal. Les rayons du soleil descendaient les collines dans leur direction, et le ciel était de cette couleur que son père appelait bleu-rage de dents, irréel, cru, qui pouvait se maintenir vingt minutes avant de blondir avec le soleil. Vonnie n'avait toujours pas bougé. Mack ajouta du bois dans le feu, posa la grille sur les pierres et, par-dessus, la poêle noire, jusqu'à ce que le beurre commence à glisser dans le fond. Il souleva la poêle, y versa quatre bonnes cuillerées de pâte à pancake. Elles s'aplatirent en quatre jolis ronds, qui se figèrent.

— Je cuisine, dit-il au sac de couchage bleu.

Il la vit se tortiller, se retourner, et son visage apparut.

— B'jour.

— Salut, Vonnie.

— Attends, dit-elle, et elle disparut à nouveau dans son sac de couchage. J'ai apporté quelque chose.

Elle lui lança un étui en aluminium plein de café moulu de chez Hagen. Il était chaud.

— Comment va Mme Hagen ? demanda-t-il.

— Elle va bien. Son fils est revenu de Portland et c'est lui qui fait les pâtisseries, maintenant ; ils vont virer Starbucks du comté. J'ai apporté des pattes d'ours que j'ai prises chez eux aussi, pour plus tard.

— Oh, ça c'est bon.

— Je t'ai vu à l'enterrement.

— Je t'ai vue à l'enterrement avec Kent. Il ne représentait pas M. Hagen aussi, dis-moi ?

— Non, ils étaient seulement amis. Allez, tourne-toi.

— Quoi ?

Il la regarda, son visage ensommeillé si familier, le visage qu'il préférait.

— Tourne-toi.

— Tu dors nue ?

— La tenue dans laquelle je dors, c'est pas tes trognons.

Trognons. Il remplit l'entonnoir de café et revissa la cafetière avant de la poser sur le feu.

— Tu as retrouvé la cafetière.

— Ouais, je me suis décidé à la chercher. Tu la veux ? Elle est à moitié à toi.

— Non, je veux juste du café. C'est tes pancakes au babeurre ?

— Oui.

— Les choses s'annoncent plutôt bien, dit-elle. Maintenant, tourne-toi.

— C'est ce que je fais, bon sang. J'ai pas besoin de provocation.

— Quoi ?

— La provocation, ça ne me fait pas de bien.

— C'est ce qu'a dit ton médecin ?

Il se retourna vers l'endroit où elle était allongée dans son sac de couchage, le visage tourné vers lui. Il pouvait voir son pantalon roulé qui lui avait servi d'oreiller.

— Les commentaires de mon médecin ne sont pas tes trognons, pour reprendre le terme technique. Au point où en est ma vie, complètement foireuse, j'ai pas besoin de voir une femme nue dans les bois.

— Ça t'est déjà arrivé. Maintenant, tourne-toi. Il n'y a pas grand-chose de provocant.

— Bon sang, Vonnie, sors de là, va pisser et habille-toi, et arrête de me provoquer.

Il l'entendit fourrager dans son sac et s'éloigner, et il garda les yeux rivés sur la vapeur qui montait de la cafetière et les bulles qui se formaient autour des pancakes. À tâtons, il chercha son sac en toile, en sortit la crème en poudre et le pot de miel qu'il réchaufferait un peu sur une des pierres carrées du foyer. Il avait aussi un petit flacon en plastique plein de sirop d'érable. Vonnie revint, vêtue d'une chemise de bûcheron Pendleton bleue et d'un Levi's, elle fermait sa ceinture. Elle était pieds nus ; elle s'assit sur un des blocs de grès rouge à côté de l'âtre, s'essuya la plante des pieds, enfila chaque chaussette avec grand soin et laça ses chaussures de montagne en finissant par un double nœud.

— Ça se réchauffe, dit-elle. Tu aimes bien ton médecin ?

— Tiens, prends du café, ma chère, dit-il en lui tendant une des vieilles mugs.

Elle se pencha, ajouta une cuillerée de miel dans sa tasse et remua.

— Maintenant, j'aime tout le monde, dit Mack. C'est le nouveau moi. (Il retourna les pancakes l'un après l'autre dans la poêle ; ils étaient parfaitement dorés.) Mangeons tout ça, puis décidons où nous allons pêcher.

Le soleil caressait leur campement et révélait peu à peu la vallée en s'élevant au-dessus du lac devenu bleu. Le lac ne cesserait de changer au cours de la journée.

— Ces chemises Pendleton coûtent quatre-vingt-dix dollars, fit-il remarquer.

Elle lui lança un regard de défi.

— Rien, dit-il. Elle te va bien et ce sont de bonnes chemises, à ce qu'il paraît.

— À quelle distance sommes-nous de Clark ? Moins de huit kilomètres, non ?

— Allez, Vonnie, on y arrivera bien assez tôt. C'est une randonnée, la dernière. Pas la peine de courir.

— Cinq kilomètres ?

Il tendit un index vers le nord-ouest.

— Cinq kilomètres.

Il fit glisser les pancakes sur deux assiettes en carton et lui en tendit une avec une fourchette.

— Ça sent bon.

— Prends du sirop.

— Tu aurais du fromage ?

Il fouilla et découpa un morceau de cheddar qu'il posa sur les crêpes. Il la regarda les replier en sandwich et recouvrir le tout d'une croix de sirop d'érable. La bouche pleine, elle articula :

— C'est bon. Montons jusqu'à la prairie et pêchons dans Wind Creek, près du vieux pont. Il fera chaud là-bas et ça nous fera une bonne journée, non ?

Mack la regarda manger, puis mangea à son tour. Ils descendirent de Valentine et rejoignirent la piste, montant et descendant au milieu des arbres jusqu'à ce qu'ils atteignent la vallée principale. De là, ils firent une ascension facile de moins d'un kilomètre et arrivèrent à un endroit simplement appelé Deer Park sur les cartes, une longue prairie d'une vingtaine d'acres traversée par la rivière. Elle était bordée de joncs qui en rendaient l'accès délicat, mais il y avait quelques endroits praticables. Il était difficile de ne pas s'installer au premier endroit pour pêcher ; c'était toujours difficile de ne pas pêcher au premier endroit. La plus vieille histoire du monde. L'eau était transparente, le lit caillouteux, clair et fascinant, couleur ambre, de l'or en fusion. Vonnie marcha en tête sur la piste, dans l'herbe et entre les fleurs sauvages jusqu'à l'endroit où leur chemin croisait la piste balisée qui montait des environs de Dubois. Il y avait un pont en rondins et, à l'autre bout, trois gros troncs avaient été rassemblés pour servir de bancs. Ils franchirent le pont et s'assirent sur le bois poli et chaud. Ils allaient préparer leur matériel. Le cœur de Mack battait la chamade, comme c'était toujours le cas quand il sentait qu'il était complètement dans les bois. Le monde entier leur appartenait désormais, l'est l'ouest le nord le sud, et la rivière chantait. Il y avait toujours des trucs qui traînaient à ce carrefour, une boîte d'accessoires de pêche cassée, des émerillons, des morceaux de canne, parfois un couteau de poche, mais aujourd'hui il y avait un tas récent de papiers de chewing-gum et six ou sept canettes de bière qui ne dataient pas de plus de deux jours, des mégots de cigarettes encore blancs, des miettes de tabac, des empreintes de chaussures de sport.

— Ne restons pas là, dit Mack. L'ours va avoir envie de récupérer ces détritus.

— OK. On fait quoi ?

Il passa les lacs en revue dans sa tête : Double, Native, White, Chester, d'autres encore.

— Montons jusqu'à Spearpoint. On peut pêcher depuis le glacier. Ça fait trois kilomètres.

— Sans piste, fit-elle remarquer.

— Exact, mais on peut trouver le chemin. On l'a déjà fait.

— Mais c'était par hasard, non ?

— Je peux le retrouver.

Il faisait soleil et il était encore tôt. Vonnie dit :

— Vas-y.

Ils poursuivirent sur le Wind Trail, suivant le cours du torrent là où il était fougueux et traversant les ruisseaux qui l'alimentaient de l'ouest. Chaque fois, Mack marquait un temps d'arrêt et scrutait les collines. Il n'y avait pas de piste marquée pour Spearpoint, mais une rivière en partait et descendait jusqu'ici. Ils n'étaient pas venus depuis cinq ans, et tout ce dont il se souvenait, c'était que le cours d'eau était souterrain, caché sous une plaque rocheuse presque jusqu'en bas. Au troisième affluent, Mack prit un virage et se mit à monter en zigzaguant entre les petits pins et les éboulis, traversant plusieurs fois le ruisseau jusqu'à ce qu'il disparaisse sous la terre, et il sut qu'ils étaient sur le bon chemin. Ils quittèrent les arbres et se retrouvèrent sur un amoncellement de rochers où poussait du lichen au-dessus des cimes des pins ; on aurait dit que la roche avait été pulvérisée avant d'être réorganisée. Ils gravirent l'escarpement sur près d'un kilomètre jusqu'à une plaine désertique entourée d'un cirque rocheux qui, comme tous les autres le long de la crête, aurait pu s'appeler le Trône. Le torrent souterrain glougloutait toujours sous la pierre, comme le bruit étouffé d'une conversation. Ils pouvaient apercevoir le glacier tout au fond de la plaine et, après qu'ils eurent monté encore quelques mètres, l'immensité bleue de Spearpoint Lake apparut comme un secret d'initié, comme s'il avait essayé de se cacher. Le monde entier désormais n'était plus que ciel, roche et eau. De petits lichens poussaient comme du corail par endroits entre les rochers, mais aucune plante n'était plus grande qu'une main. Mack et Vonnie s'arrêtèrent sur la dalle de grès et écoutèrent le torrent gargouiller entre les rocs sous leurs pieds. Ils étaient tous deux en arrêt devant le paysage et se tenaient côte à côte, haletants. Vonnie fit quelques pas prudents sur les plaques rocheuses disposées comme les pièces d'un puzzle dans la montagne. Le lac n'avait pas de bord. L'eau venait lécher les rochers sans prendre la moindre ride.

— Je me souviens, dit-elle. Nous avons pris du poisson ici et tu as dit que c'était drôle qu'on arrive à en pêcher parce que tu ne savais pas comment ils étaient arrivés là.

— Regarde, dit-il en souriant devant la beauté des lieux. Alors ?

Elle désigna un point dans les eaux brunes striées de bandes de soleil, et deux truites fario passèrent à une profondeur qu'ils ne pouvaient évaluer.

— C'est bien. Décidément, j'aime ces montagnes.

Elle longea le lac par le sud en marchant avec aisance sur les dalles à flanc de colline. Mack lui tourna le dos et sortit le BlackBerry. Il composa le code de Yarnell et l'écran afficha : Survol merc 14 h. Enverrai nouvelles.

— Qu'est-ce que tu fais ? cria Vonnie.

— Je compte mes cigarettes.

— Tu ne fumes pas.

— Si. Le Dr Diver a dit que je pouvais fumer. C'est juste que je n'ai pas commencé.

Il rangea le BlackBerry dans sa poche et la suivit. Ils durent grimper et contourner le gros bloc de glace pour atteindre le sommet. Après qu'elle fut arrivée sur la crête rocheuse du côté ouest, Vonnie marqua une nouvelle pause et admira le nouveau paysage qui s'offrait à eux. Il était impossible de savoir à quelle distance portait leur regard, et le lac était en grande partie noyé dans des bancs de brume.

— Où est Jackson ? demanda-t-elle. Tu sens la terre tourner ?

Le vent sur le col était constant, l'air, réchauffé par son ascension le long des pentes ensoleillées, arrivé au sommet, allait se déverser dans la vallée d'altitude, et le soleil leur réchauffait les épaules. Ils avancèrent sur la crête et posèrent leurs pieds sur la glace sale qui s'était amoncelée contre le flanc est du piton rocheux et décrivait un croissant, une demi-lune qui formait une terrasse en surplomb au-dessus du lac. D'ici ils voyaient bien pourquoi il était appelé Spearpoint : l'autre extrémité, d'où s'écoulait le trop-plein, formait une pointe. Le glacier était criblé de taches de suie et ils marchaient à pas sûrs, la surface n'était ni fondue ni verglacée.

— Ça vient des avions de ligne, dit Vonnie en attaquant une tache du bout de sa chaussure.

— Probablement.

Smog, feux de charbon, avions de ligne. Ils descendirent jusqu'au bord du glacier, maintenant à sept mètres de la surface du lac, et les rayons de soleil dardaient dans l'eau des piques qui descendaient à une trentaine de mètres de profondeur. Ils voyaient des poissons nager à tous les niveaux.

— Si tu peux les voir, tu ne peux pas les attraper, dit-elle.

Le vieux dicton de Mack.

— Si, tu peux, rectifia-t-il. Arrange-toi pour qu'ils ne te voient pas.

Elle lui saisit le bras au-dessus du coude.

— Mack, merci. Je suis contente d'être venue.

Debout sur le petit glacier au-dessus de Spearpoint Lake, Mack répondit :

— Tu sais, moi aussi.

Ils s'assirent en tailleur sur leurs vestes, et Vonnie sortit ses mouches qui étaient emballées dans un étui de poche en polaire.

— Mon Dieu, fit Mack en admirant la panoplie, nous sommes riches.

Il y avait quarante mouches, certaines de la taille de lettres capitales de la Bible et d'autres aussi grosses que des pièces de dix cents, toutes étaient de petits chefs-d'œuvre d'au moins quatre couleurs en trois matériaux différents.

— Il met même les yeux.

Vonnie désigna les points rouges et les points dorés sur les minuscules mouches.

— J'admire sa précision, dit Mack. Kent a le coup de main. (Il montra une mouche aux plumes gris-brun cerclées de rouge.) Prends celle-ci, à mon avis. (Il se tourna vers Spearpoint, où une douzaine de silhouettes s'agitaient :) Essaie celle-là. Elle parlera aux poissons solitaires, là en bas. Et je vais leur lancer ça jusqu'à ce qu'ils réagissent.

Il sortit une de ses phryganes poilues de la poche de sa veste. Installés sur la surface râpeuse de la neige, armés de coupe-ongles, ils préparèrent leur bas de ligne, nouant et coupant pendant dix minutes. Quand ils levèrent les yeux vers le grand monde, ils s'émerveillèrent à nouveau devant le cirque rocheux des montagnes, cinq pitons aux contours nets au-dessus des arbres, et ils respirèrent de grandes bouffées de l'air infini. Vonnie se mit debout, évalua les distances, balança son bras en arrière puis en avant, faisant décrire à sa soie une grande boucle en S qui se déploya comme un compas, descendit jusqu'à effleurer la surface où elle se posa délicatement, la mouche encore en vol, attachée à son fil invisible, atterrissant à quinze mètres du bord en un point argenté qui devint un cercle, puis deux sur la mystérieuse surface de l'eau. Mack descendit d'une dizaine de mètres et fit un lancer plus court, la grosse mouche faisant presque des éclaboussures en touchant la surface. Puis ils assistèrent tous les deux à un événement remarquable. Trois poissons sortirent à toute vitesse des ténèbres en virant de gauche et de droite, montèrent précipitamment entre les rais de lumière striant l'eau, leurs intentions claires, et deux d'entre eux foncèrent droit sur la mouche de Vonnie, cette merveille ; ils sautèrent dans une grande éclaboussure, le premier son dans le cirque montagneux qui ne fût ni le vent, ni les harmoniques assourdis des longs-courriers. Au moment où ils mordirent, l'autre truite prit la mouche de Mack en claquant sa queue comme une pelle, et s'enfuit avec son butin.

— Putain de merde ! fit Vonnie.

Leurs cannes ployèrent et furent agitées de soubresauts, et les deux moulinets se dévidèrent dès ces premiers instants. Ils avaient été saisis par l'endroit, la beauté suffocante de la perspective de la pêche depuis le glacier, si haut au-dessus de l'eau, et ils n'avaient pas réfléchi au-delà. Ils avaient commis une erreur qui leur apparut dès la première seconde. La saillie de glace était à cinq mètres au-dessus du lac, trop haut pour ramener quoi que ce soit.

Mack laissa filer de la soie et longea le bord d'un bon pas en tenant sa canne suspendue au-dessus du rebord du glacier, jusqu'à un endroit où le surplomb s'abaissait ; il put descendre les trois mètres restants en glissant sur une coulée de vieille neige. Il ajusta le frein du moulinet et rembobina sa soie ; le poisson se débattait et la canne ployait comme si elle était vivante. Il était en meilleure position maintenant, mais le poisson était à près de cinquante mètres. Vonnie avait des ennuis aussi, son poisson avait plongé et elle était coincée dans la neige.

— J'arrive pas à le ramener, dit-elle.

— Fatigue-le. Je reviens dès que j'ai attrapé celui-ci.

Chaque fois qu'il récupérait trois tours de moulinet, le poisson lui en reprenait un.

— Si seulement j'avais des pastilles au citron, dit Mack.

Son père avait toujours un petit paquet de ces bonbons sur lui et il disait à Mack qu'un bon poisson tiendrait aussi longtemps que le bonbon dans sa bouche – et sans croquer. Mack tint sa canne d'une main et roula sa manche de chemise, puis il changea de main et roula l'autre. Quand un poisson était ferré, son père reculait et s'éloignait de son fils ; il ne prendrait pas la canne, Mack devait se débrouiller seul. Il lui donnait une pastille avant de le laisser, répétant à quelques reprises : "Beau boulot, fiston."

Le soleil était chaud maintenant. Marck voyait la canne de Vonnie complètement penchée au-dessus du lac, où le gros poisson faisait ce qu'il voulait. Il finit par ramener le sien, le malmenant plus qu'il ne l'aurait voulu, toujours, semblait-il, à la limite de casser la ligne. La grosse truite fario faisait des allers-retours dans les hauts-fonds rougeâtres et, lorsqu'elle vit l'homme, elle devint frénétique. Mack la laissa faire cinq allers-retours avant d'abaisser sa canne presque jusqu'à la surface et de ramener sa soie à toute vitesse à la main et de reculer rapidement, traînant la truite sur la dalle rocheuse mouillée puis plus loin, sur le grès sec, où elle se tortilla et sauta, prise dans un écheveau de fil. Mack glissa ses doigts dans les ouïes, laissa échapper sa proie, la ramassa à nouveau et la souleva en l'air. C'était une truite fario de quarante-cinq centimètres, lourde comme un gros muscle bandé. L'ayant coincée contre le sol avec son genou, Mack lui donna deux coups secs sur la tête avec le manche de son couteau ; le poisson frissonna puis s'immobilisa. Mack rapporta son matériel et sa prise, toujours ferrée, jusqu'au lichen rocheux où il déposa le tout. Il devait à nouveau s'éloigner de l'eau et faire un grand crochet vers le sommet pour rejoindre le glacier ; il retrouva Vonnie en arrêt, comme si sa ligne était prisonnière du lac lui-même.

— Essayons de descendre, proposa-t-il.

— Il y a trop de tension.

À chaque pas qu'elle faisait, sa canne ployait davantage.

— Attendons, tout simplement.

Chaque fois qu'il y avait du mou, elle rembobinait, puis laissait filer. La routine : reprendre du mou, rembobiner, laisser filer.

— Peut-être qu'ils y sont tous les deux, dit-il. On dirait qu'il y a deux poissons.

— Mack. Il n'y en a qu'un, mais il en vaut la peine.

— Tu veux une barre de céréales ?

— Pas vraiment.

— Elle vient de chez Hagen.

— Tu es allé là-bas aussi ?

— Je ne suis pas aussi idiot que j'en ai l'air.

— Si, tu l'es.

Il défit le papier et tint la barre faite maison devant sa bouche. Elle mordit dedans et, tout en mâchant, demanda :

— Tu as pris des pattes d'ours aussi ?

— Oui.

— On a tout ce qu'il nous faut comme gâteaux.

Il prit une bouchée de céréales, puis tint la gourde pour que Vonnie puisse boire.

— Tu as mal à la tête ?

— Un peu, mais on est haut, ici.

Il y eut un peu de mou, elle en profita et rembobina quelques tours supplémentaires.

— Il se rapproche. Il est sous le surplomb.

Vonnie ramenait tranquillement.

— Tu arrives à le voir ?

— Non.

Puis Mack vit quelque chose, l'ombre du poisson dans l'eau, et la truite apparut près de la surface.

— Il est trop près.

Vonnie tendit fortement la ligne et le poisson réagit ; il sauta et, voyant le monde une seconde, les deux personnes dans la neige blanche, il se cambra de toutes ses forces et il s'enfuit, le fin bas de ligne rompu accroché à sa bouche. Ils le virent plonger vers les profondeurs, traverser les rideaux de lumière qui coupaient l'eau, puis s'arrêter et s'immobiliser comme si rien ne s'était passé.

Vonnie regardait Mack, le visage impénétrable, puis Mack vit son sourire d'autrefois se dessiner lentement.

— Les poissons… dit-elle.

Ils étaient sur le toit sauvage et âpre du monde.

Elle ramena sa soie, ils ramassèrent leurs vestes et retournèrent par le chemin sur lequel ils étaient venus pour quitter le glacier et descendre vers le lac.

— Combien de temps nos empreintes vont-elles rester là ? demanda-t-elle.

— Une éternité. Dans un avenir très lointain, elles vont dérouter les anthropologues. “On dirait que l'un d'entre eux portait des chaussures vraiment très chères, mais que faisaient-ils donc là-haut ?"

Elle plongea ses doigts dans la poche de Mack et en sortit ce qui restait de la barre de céréales.

Quand ils arrivèrent au bord du lac, elle admira le poisson de Mack.

— Tu veux aller attraper le tien ? demanda-t-il.

— Ça oui.

Ils s'approchèrent du rebord de la saillie rocheuse et scrutèrent l'eau. Les poissons étaient immobiles et leurs ombres aussi. Elle saisit ses jumelles, soupira et finit par dire :

— Le voilà, avec trente centimètres de mon bas de ligne.

— Espérons qu'il est encore énervé et affamé et qu'il est encore capable de coiffer ces autres, là, au poteau, dit Mack en tendant un index. Lance ta mouche là-bas de façon qu'elle se pose entre lui et le soleil. Tu veux une tasse de thé ?

— Ouais, occupe-toi du thé, et moi, je vais voir ce que je peux faire avec mon poisson.

Mack remplit le petit récipient d'eau. Il remonta jusqu'au pied de la colline, à l'abri du vent, et disposa des pierres en rond avant d'y caler son minuscule réchaud au propane. Vonnie avait coincé sa canne contre son flanc et elle montait une nouvelle mouche.

Le BlackBerry disait maintenant : Face O, pas E. 3 km. Mack sourit. Une aiguille dans une botte de foin de trois kilomètres de long.

Vonnie arpentait les rochers à petits pas lents, les jumelles collées à ses yeux, puis elle s'arrêta. Mack la regarda : une silhouette immobile sur un plateau d'argent. Elle s'accroupit, sans quitter des yeux l'endroit où le poisson attendait, et posa les jumelles sur un rocher. Elle fit deux grands mouvements de balancier du bras puis lança sa soie, qui s'envola au-dessus de la surface ensoleillée du lac. Le réchaud de Mack se mit à siffler ; l'eau frémissante avait commencé à bouillir dans la petite casserole.

Il entendit un claquement et le ciel en réverbéra les échos. Un tir de carabine, quelque part en contrebas. Vonnie se tourna, le visage interrogateur, et Mack vit une secousse agiter sa canne, qui se plia en deux.

— Le voilà, dit-elle.

Mack s'apprêtait à bouger, mais il vit que Vonnie n'allait pas faire preuve de délicatesse, cette fois. Elle tira et rembobina une fois, puis, sa canne pliée en fer à cheval, elle s'éloigna de l'eau à reculons. La truite atterrit sur le sol, tournoyant comme un derviche en une masse indistincte, et Vonnie continua à reculer jusqu'à ce qu'elle soit à bonne distance de l'eau. Elle s'accroupit, la coinça sous son pied et lui asséna un coup vif sur le crâne, puis un autre. Elle souleva le gros poisson comme un bouquet, saisit sa canne et rejoignit Mack près des rochers, à l'abri du vent.

— C'était quoi, un coup de feu ?

— Quelqu'un qui prend sa mire.

— Ou des braconniers. On ne peut pas prendre sa mire aussi haut. On n'a pas le droit de tirer.

— On n'est pas censé tirer. Est-ce que c'est le même poisson ?

— Regarde un peu, dit-elle en levant la truite de soixante centimètres pour que Mack puisse voir les deux bas de ligne sortant de sa noble mâchoire.

Mack sourit.

— Le même poisson deux fois. Je n'avais jamais vu ça.

À l'abri du vent, il faisait chaud. Mack sortit deux gobelets en carton de son petit sac à dos et versa le thé. Vonnie attendit une minute puis elle s'accroupit d'un mouvement rapide et sortit son couteau. Elle ouvrit l'abdomen et coupa les branchies de chacun des deux poissons en traçant une entaille perpendiculaire, et elle leur vida les entrailles d'un geste expert, ôtant tout le sang avec le pouce. Elle alla jusqu'au bord de l'eau et les rinça, avant de se laver les mains.

Quand elle revint avec les deux grosses truites enfilées sur un collier, elle demanda :

— Il était à quelle distance, ce coup de feu ?

Mack leva la tête et décrivit un grand cercle avec son bras.

— Par ici, dans la vallée. Deux kilomètres, peut-être trois. Pas plus. Montre-moi tes mains.

Elle les tendit.

— Qu'est-ce qu'il y a ? Je ne me suis pas coupée.

— Sacrée bague.

Elle reprit ses mains et saisit son gobelet de thé.

— Toi et Kent, vous allez avoir des enfants ?

— Il n'en veut pas. Et nous ne sommes pas mariés.

— Tu es fiancée.

— Je ne suis pas fiancée.

— Il t'a offert une bague en argent avec trois pierres qui ressemblent fort à des diamants, d'après moi.

— C'est une bague.

— Alors, cet avocat n'a pas mis un genou en terre pour te demander : "Yvonne, veux-tu m'épouser ?"

— Il m'a offert une bague.

— Je n'ai pas l'impression d'avoir droit à toute l'histoire, là, mais c'est une belle bague. Et tu t'es installée avec lui.

— Effectivement.

— Dans une grande maison. On appelle ça une maison ? (Elle buvait son thé et regardait vers Spearpoint.) Tu as fini par sortir tes livres de cette fameuse caisse en plastique ?

Elle le regarda, le gobelet posé contre sa lèvre. Pendant un moment, la terre fut aussi silencieuse que le ciel, aussi silencieuse qu'elle aurait dû l'être avec le monde entier si loin en dessous d'eux. Il dit :

— Tu veux plus de morceaux de sucre ? Les morceaux de sucre, c'est bien quand on prend le thé dans les hautes montagnes. J'avais oublié. (Il sortit un sachet et ôta le papier.) Prends-en deux. Je ne mets pas assez de sucre dans ma vie.

Ils entendirent un nouveau bruit, un cri perçant, puis un autre.

— Qu'est-ce que… (Ils tendirent l'oreille.) On dirait des dindons sauvages.

Puis il y eut une exclamation de triomphe assez grave et les modulations caractéristiques de voix humaines.

— Ne bouge pas, dit Mack.

Le rythme était haché, mais il se rapprochait et deux minutes plus tard les mots résonnèrent clairement :

— Regardez ! Regardez !

Une personne apparut au sommet de la pointe, puis une autre, puis deux autres, des jeunes gens en sweat-shirts et shorts de marche. Deux filles et deux garçons.

— Ouah ! Mon Dieu, dit une voix féminine. Quel drôle d'endroit !

Un des jeunes hommes s'étendit à plat dos sur les rochers et les trois autres se plièrent en deux, les mains posées sur les genoux, pour reprendre leur souffle.

— C'est de la neige ?

— Qu'est-ce que tu veux faire ? demanda Mack.

— Rien, dit Vonnie. Attendons. En espérant qu'ils s'en aillent. Finissons notre thé. Ils ne nous verront pas si on ne bouge pas.

— Pas question ! s'écria une des filles.

— Oh si ! dit l'autre en enlevant sa chemise.

Ils jetaient tous leurs vêtements sur le jeune homme qui restait allongé, immobile, sous le tas de linge.

— Et maintenant, qu'est-ce que tu veux faire ? demanda Mack. Finis ton thé. On peut rester cachés et assister à ce carnaval ou bien se manifester.

— Ça n'a jamais été ta façon de faire, lui dit Vonnie.

Elle but lentement deux grandes gorgées de thé.

— Ou alors, on peut remonter cette pente en douce et retourner sur nos pas.

Maintenant, une des filles dénudées avait avancé à pas précautionneux, pieds nus, jusqu'au bord. Elle sauta dans l'eau et réapparut à la surface en crachant, jurant et en se débattant pour retrouver la terre ferme.

— Oh mon Dieu, elle est glaciale !

Mack avait rangé son réchaud et plié son matériel de pêche.

— L'un d'entre eux est rouquin, si tu veux savoir, dit Vonnie. (Elle avait ses jumelles rivées sur le groupe.) Peut-être que *cette* provocation-là te ferait du bien ?

Le garçon avait sauté dans l'eau, puis l'autre fille, qui s'accrocha à lui, et une voix dit :

— Elle n'est pas si froide que ça.

L'autre jeune homme était toujours allongé, les mains croisées derrière la tête.

— Vous êtes tous cinglés.

— Allez, James, viens. On nage.

Mack et Vonnie remontèrent discrètement le flanc de la colline en portant leurs poissons, et redescendirent ; ils entendaient toujours les voix, déformées et amplifiées par l'eau.

— C'est dommage, dit Mack, tu avais pris un beau poisson.

— C'est bon. Ces deux-là sont géants. On n'a pas besoin d'un troisième. Qu'est-ce que quatre étudiants peuvent bien faire dans les Winds en plein mois de septembre ? Ils n'ont pas cours ?

— Ils courent après leurs médailles du mérite.

Elle plongea son regard vers la pente où commençait la forêt.

— C'est par où ?

Ils descendirent la pente raide, de rocher en rocher, leurs genoux travaillaient, chauffaient.

— Est-ce qu'il n'est pas plus facile de grimper que de descendre ? demanda Vonnie.

— J'ai entendu des gens le dire.

— Je le dis, moi.

La forêt était épaisse, comme le sous-bois, et Mack allait à travers les broussailles, tenant les branches, contournant largement les tas de bois mort. Les arbres devenaient plus grands à mesure qu'ils descendaient, les buissons moins denses, et la marche devint vraiment de la marche lorsqu'ils se mirent à suivre le canal d'écoulement, d'une crête à l'autre. Une heure s'écoula, les ombres s'allongèrent. Ils étaient à l'abri du vent mais la température baissait, et ils marchaient sans parler. Ils s'arrêtèrent au-dessus d'une prairie pleine de biches, les mâles hors de vue, et mangèrent une pomme.

— Tu as faim ? demanda-t-il.

— Pas vraiment.

— On va manger ces poissons ce soir, si on retrouve notre campement.

Ils remontèrent, puis ils contournèrent un bois marécageux avant de le traverser en passant sur des éboulis avec des rochers gros comme les pièces d'une maison, le sol constellé de traces de cerfs.

— Tu sais où on est, n'est-ce pas ? lui demanda-t-elle.

— Oui.

— Tu sais t'orienter dans les bois comme personne que je connaisse. J'ai toujours aimé ça chez toi.

— Merci beaucoup, dit-il. Descendons plutôt par ici.

Ils franchirent à pas prudents une large coulée de pierres et entrèrent dans un vallon de petits pins, marchant au milieu des arbres sans aucune piste. Ils remontèrent de l'autre côté jusqu'à une clairière, ses derniers lupins et buissons de sauge. Mack regarda le point où le soleil effleurait maintenant la montagne et jeta un coup d'œil à sa montre.

— Il est tard, dit Vonnie.

— On n'a pas pris de déjeuner, je suis désolé.

— On a mangé une barre Hagen et bu un thé à côté du glacier. Qui a une chance pareille ?

Le temps de cette pause et de ces quelques paroles, les ombres s'étaient allongées. L'angle de la lumière se fit plus fragile, et cela donnait à Mack envie de presser le pas. Il y avait toujours été sensible, et maintenant il en avait mal. On ressentait toujours le temps comme un battement de cœur audible dans les montagnes. Les jours étaient courts.

Lors d'une randonnée de pêche qu'il avait faite, enfant, son père en avait parlé ; quand on dormait à une altitude de 3 500 mètres, on le faisait tellement plus vite que tous les gens qui dormaient tout en bas, au-dessous, dans le village.

— Plus vite, Père ? avait demandé Mack.

— C'est ça. Nous tournons tous en même temps que la Terre. (Il décrivit un cercle du bout de son doigt tendu.) Un jour, du lever de soleil au lever suivant. (Il poursuivit :) Mais d'un lever de soleil à l'autre, dans cette seule rotation, nous qui sommes tout là-haut, nous voyageons beaucoup plus loin.

— Sur quelle distance ?

— Il faudrait calculer pour le savoir.

Mack dressa son index pour appuyer sa remarque suivante.

— Tu souris.

Son père souriait franchement désormais.

— OK, tu as raison, mais c'est vrai. Regarde autour de toi, fils, tu peux le sentir. Le temps est précieux, ici. Tu me suis ?

— Oui, Père, je te suis.

Maintenant, l'air de la montagne paraissait rare à nouveau, avec le jour qui s'effilochait. Soudain, Vonnie tendit les mains en signe de reconnaissance.

— Je sais où nous allons, dit-elle.

Ils s'arrêtèrent en arrivant à la crête. Elle s'accroupit et ramassa un gros caillou tombé d'un éboulis.

— Choisis ton caillou.

— Tu as raison, dit-il.

Et il ramassa une pierre aussi grosse qu'un ballon de foot. Ils parcoururent le chemin en zigzag à peine visible que Mack avait lui-même tracé six ans auparavant, et ils parvinrent à un monticule surmonté de trois pins ponderosa morts. Ils avaient transporté beaucoup de pierres cette année-là.

La tombe était telle qu'ils l'avaient laissée, un ovale de pierres affleurant dans la terre grasse du talus. L'endroit était couvert de lupins fanés. Mack vit que Vonnie était émue d'être là ; elle se tenait immobile, son caillou à la main et regardait tout autour d'elle, contemplant le grand cercle du monde.

— Le plus bel endroit possible pour une tombe, dit-elle.

Le vent souleva ses cheveux. Elle fit quelques pas et cala sa pierre dans le tas en disant :

— Salut, Scout.

Mack posa la sienne aussi. La vieille planche qu'il avait découpée à la maison était posée sur les pierres, décolorée par les intempéries. On y lisait : SCOUT. UN CHIEN.

— Tu veux dire quelque chose ? dit-elle.

— Je suis content qu'on soit là. C'était un bon chien qui adorait aller à la pêche.

Vonnie s'assit par terre et but de l'eau au goulot de sa gourde.

— On n'est pas montés souvent ici.

— Ça fait trois ans. Non, quatre.

— Tu devrais prendre un autre chien, dit-elle.

— Il avait du mal à s'empêcher de courir après les mouches.

— Je sais bien. Il nageait pas mal. (Elle tendit la gourde à Mack, qui but à son tour.) Ça devient une sacrée randonnée.

— Bon, deux pierres de plus. Allons-y.

— C'était quoi, ça ?

— Quoi ?

Elle leva un doigt.

— Un cerf ? Non. (Elle rit.) J'ai cru voir quelqu'un.

— Hiram, dit-il.

— Je suis fatiguée, c'est tout.

Elle se leva.

Ils quittèrent la piste qui partait de la tombe, franchissant la colline par le sud. Au bout d'un petit kilomètre, ils tombèrent sur un sentier et grimpèrent à grands pas trois cents mètres d'une pente raide. Il faisait très sombre, ici, on ne voyait que d'étroites bandes de ciel. Puis la piste tourna brusquement sous les pins, et ils étaient à leur campement parfait, paisible, attendant au-dessus de l'étendue bleue de Valentine Lake dans les dernières lueurs dorées du jour.

— Voilà pourquoi j'accroche une corde à linge, dit Mack.

— Pour te souhaiter la bienvenue.

— Pour retrouver mon chemin, rectifia-t-il. Mais bienvenue à la maison.

Vonnie secoua son sac de couchage et s'y allongea en défaisant ses lacets.

— Tu veux que je fasse à manger ?

— Non, je m'en occupe, répondit-il.

Elle resta allongée et contempla le ciel, et Mack vit ses yeux se fermer. Le soleil s'était caché derrière la face ouest.

Il coupa les têtes des truites, mais elles étaient encore trop grandes pour la poêle, alors il laissa les queues, leur garnit le ventre avec des quartiers de citron, du poivre et du beurre, les emballa dans deux feuilles de papier aluminium et les mit de côté. Il s'accroupit et rassembla un tas de petit bois, de mousse et d'humus bien sec, y mit le feu, ajouta du bois et le feu grandit, bien droit et silencieux. Quand il leva les yeux, le jour avait disparu, le ciel des montagnes était devenu une coupe de ténèbres granuleuses et rayonnantes. Il fourra les poissons dans le tas de braises, les y enfonça doucement en s'aidant d'un bâton fourchu. À distance du feu, il faisait frais et il entendait Vonnie dormir. Il posa sa main sur son épaule et elle se réveilla sans un mot, les yeux pleins d'une douceur ensommeillée. Elle se glissa dans son sac de couchage et se rendormit. Mack fit le tour du campement et ramassa une brassée de branches dont il utilisa la moitié pour alimenter le feu. Il brisa les autres et les empila en tas à portée de main. Il secoua une gourde qui contenait un mélange d'eau et de poudre de citron vert, et la reposa sur l'étagère de roche.

Tu y es, se dit-il. Pas de camions, pas de chevaux, pas de constructions, grandes ou petites, juste le poisson, le feu et la femme endormie. Il aurait voulu que tout soit parfait, mais la femme endormie n'était pas *sa* femme endormie, et il aurait beau faire attention à tout ce qu'il faisait à partir de ce soir, en marche vers l'inconnu, cela paraîtrait encore emprunté.

Quand les ténèbres venaient le trouver, il essayait de les regarder bien en face. Mais c'étaient des ténèbres, et tellement opaques. Il aurait été le pire des témoins de ces derniers mois. Il avait eu la migraine – ou telle était son impression – pendant cinq ans, toujours à vivoter, faire durer, gratter à droite et à gauche, et la déception béante l'avait rempli d'une lassitude qu'il n'avait jamais daigné nommer. Il s'était contenté de la laisser se nicher en lui pour mieux l'entamer, le chassant d'un emploi à l'autre. Quand Vonnie essayait de lui parler, il quittait la pièce et prenait une bière. Elle avait suggéré qu'il rouvre le ranch, et cela l'avait fait passer au whiskey. Elle avait abandonné, lui, non.

Une nuit, il était tombé sur Weston Canby au Silver Saddle après avoir tenu deux semaines à un poste de signaleur intérimaire à l'entrée du parc national ; il était déshydraté et en colère. Ils se connaissaient bien car le père de Mack avait renvoyé Canby plusieurs années auparavant. Mack avait treize ou quatorze ans ; Canby volait du bois de chauffage en inclinant la benne basculante de son camion à mi-chemin seulement avant de s'en aller avec ce qui restait. C'était après qu'on lui avait demandé de montrer son autorisation de prendre du bois de chauffage dans la forêt, et il avait bafouillé, prétendant qu'il l'avait perdue. Le père de Mack avait fermé les yeux une fois, puis il avait arrêté le camion à la barrière la semaine suivante. Mack était là, à l'endroit où son père avait jeté une selle à califourchon sur la barrière pour attacher les étriers.

— Tu as oublié de décharger, dit son père à Canby.

— Oh merde, fit Canby. Je suis mal réveillé.

— Non, tu n'es pas mal réveillé. Tu es renvoyé. Tu voles du bois mort sur des terres publiques et tu me voles de moitié. Laisse-moi faire le total : cela fait deux torts, Weston. Tu ne peux pas prendre des choses qui ne t'appartiennent pas. Tu commences mal les affaires dans ce comté.

Mack avait été ahuri en entendant l'insulte grossière de Canby et il s'était tourné pour voir le visage rubicond de l'homme, qui avait écrasé l'accélérateur et quitté le ranch en faisant hurler son moteur dans un énorme nuage de poussière. Pendant des années, Mack se souvint de son expression et évita les endroits où il voyait le camion de Canby garé.

Dans le bar, Weston Canby avait planté son index sous le nez de Mack et avait dit :

— J'te paie un verre, signaleur. J't'en paie deux.

Mack ne tenait plus sur ses jambes, il comprenait que la poussière de sa journée de travail collée sur son front en disait long. Il pouvait difficilement le prendre de haut.

Quand il se voyait offrir un verre dans ce genre d'endroits, le père de Mack répondait toujours : "Non, je vous remercie. Mais je risque de n'avoir ni le temps ni l'occasion de vous rendre la pareille." Mack n'avait pas la moindre idée de ce que cela voulait dire, mais il sut, après s'être envoyé la première tequila de Canby, qu'il était passé de l'autre côté. Canby avait glissé un billet de cent dollars plié dans la main de Mack en disant :

— Ça suffit, ce boulot où tu restes planté au bord de la route, à cuire au soleil. J'ai une mission spéciale pour toi, gamin.

La main de Canby sur son épaule lui donnait la sensation d'une serre.

Et c'est ainsi que tout commença. Il se disputa avec Vonnie en croyant que l'enjeu de ces disputes était le fait qu'il soit un homme et qu'il insiste pour faire les choses seul, à sa manière, alors qu'en réalité il se battait contre lui-même et détruisait son foyer.

Une semaine plus tard, il reçut un appel de Canby et récupéra une Chevy Super Sport jaune à Rawlins, probablement pleine de meth, et la conduisit jusqu'à Gillette contre sept cents dollars et un billet d'autocar pour rentrer.

Vonnie était partie. Il planqua l'argent dans son dictionnaire et accepta le job suivant. Il convoya ce genre de voiture pendant un mois, et les gens commencèrent à faire appel à lui. Lors de la quatrième ou cinquième mission, il avait rencontré Canby à la sortie de Cody ; ils avaient parlé, comme d'habitude, devant un bar, en dessinant du bout du pied dans les graviers, et Canby avait dit :

— J't'ai apporté un cadeau, gamin. (Il avait désigné une berline marron garée un peu plus loin dans le noir.) Vas-y, amuse-toi bien.

Le rire guttural de Canby.

Il y avait quelqu'un dans la voiture. Trisha. Elle avait vingt-cinq ans, elle était jolie et ravagée, droguée au dernier degré, crispée, électrique, et elle était restée collée à lui les trois mois suivants, ce qui le stupéfiait aujourd'hui ; il était un monstre de faiblesse, quand il y repensait, et maintenant, il secouait la tête, penché au-dessus du feu au sommet des montagnes. “À la colle”, avait-elle dit d'emblée. “Maintenant, on est à la colle”, disait-elle. Cette expression était aussi horrible que ce qu'il ressentait.

— Il a fini, c'est ton tour, maintenant. Comment tu t'appelles ?

À nouveau, il s'était senti vide, sans rien à l'intérieur pour le brider, pour qu'il pose le pied et se remette debout. C'est là qu'il vit ce qu'était la honte et il s'y jeta à corps perdu, se dégonflant complètement, conduisant comme un fou avec cette femme qui ne dormait jamais, qui tremblait sur son siège, les yeux mi-clos, et qui, lorsqu'elle était éveillée, lui grimpait dessus alors qu'il traversait l'État au volant de voitures pleines et le retraversait en sens inverse ; ou bien elle restait assise là, le regard dans le vague, tenant toujours une grande canette de bière entre ses cuisses. Il ne fallut pas plus de deux semaines de cette vie pour qu'il soit saoul en permanence, le vide en lui impossible à combler, lui semblait-il, et il se mit à jeter les canettes vides par la fenêtre avant d'enchaîner avec une nouvelle bière.

Parfois elle grimpait sur ses genoux pendant qu'il conduisait, elle prenait son visage entre ses mains et l'embrassait alors qu'il se tortillait et se penchait pour voir l'autoroute qui défilait à 150 km/h. Son regard était trop éloquent pour qu'il arrive à regarder ses yeux vitreux et détruits, mais elle pouvait le voir, apparemment. Elle lisait en lui.

— Tu sais qui gagne ce concours de baisers ? disait-elle avant de se jeter sur sa bouche à nouveau. Tu sais ? Dis, tu sais ?

— C'est toi, c'est toi qui gagnes.

Et il la repoussait jusqu'à ce qu'elle reprenne sa place, où elle s'empressait de lever sa canette pour célébrer l'événement.

— Je sais, disait-elle, je gagne toujours dans ce domaine.

Une nuit, alors qu'ils fonçaient, insouciants, entre les champs de pétrole, les silhouettes fugaces d'antilopes émaillant la bretelle d'accès à l'autoroute au milieu des touffes d'herbes des prés salés, elle se réveilla après avoir fait un somme calée contre son épaule et dit :

— Je sais que tu as une autre petite amie.

Cette phrase lui transperça le cœur, mais il répondit :

— Tu n'es pas ma petite amie.

Elle se redressa et trouva une autre bière. Il faisait toujours nuit dans le Wyoming, à cette époque-là.

— Je m'en fiche. Je suis seulement à la colle avec toi, dit-elle, et sa voix se fit toute petite. Et ici, nous sommes au bout du monde.

Il continuait à fourrer l'argent dans son dictionnaire, mais il savait, à mesure qu'il avançait dans la saison, que même cela ne serait pas une récompense. Il s'était perdu.

À Cheyenne, une nuit, tout ce qu'ils eurent à faire, ce fut d'échanger une petite remorque contre une autre à la gare de triage et de l'atteler, un boulot normalement payé dix-neuf dollars de l'heure ; il en gagnait cinq cents en prime de risque. Quand il libéra la remorque, elle tomba d'un coup et lui écrasa la main sur le sol huileux. L'adrénaline lui fit faire un mouvement de recul, et il parvint à déplacer d'un coup d'épaule la remorque tout entière. Là, à genoux, il prit sa première grande inspiration en six mois et ses yeux se remplirent de larmes brûlantes. Sa main, bordel. Il se tourna et s'appuya dos contre la remorque, la main serrée fort sous son aisselle ; et voilà Trisha qui débarque, balançant à bout de bras une bouteille de Wild Turkey, un remontant. "Oh, bébé", dit-elle en s'installant sur ses genoux, ses os pointus s'enfonçant dans ses cuisses. Il ferma les yeux et comprit. Ces gens étaient des camés et des trafiquants, ils n'étaient même pas capables d'attacher correctement une remorque. Rien n'était fait correctement, rien. Il but une lampée de whisky et en sentit la morsure, il repoussa Trisha aussi doucement que possible et il examina sa main, écrasée et gonflée avec un grand C bleu imprimé sur le dos. C'étaient des trafiquants de drogue. Il n'y aurait pas d'huile dans le moteur, pas de bons pneus, pas un boulon serré, rien ne serait fait correctement. Tout cela était un *aller simple pour les emmerdes*. Son père utilisait cette expression quand on manquait de soin dans l'accomplissement des tâches. Il s'en servait au rodéo chaque fois qu'il y avait un problème avec une selle ou une corde. Si tu enroules ta corde trop rapidement, tu n'as pas la moindre chance.

Une heure plus tard, installé dans leur motel miteux, il s'était observé en train de panser sa main, et c'était toujours la même chose ; tant d'imprécision. Trisha enroula du sparadrap jusqu'à ce qu'il lui dise qu'elle pouvait arrêter. Elle voulut sortir ; ils sortirent et finirent dans un bar de bikers appelé le Silver Trail. Mack gardait sa main au fond de sa poche et il sentit les battements de son cœur remplir sa poitrine lorsque la tournée de boissons fut servie. Trisha était fâchée qu'il ne veuille pas danser, elle sortit et se mit à sauter partout, faisant exprès de percuter les grands types avec leurs vestes en jean. Elle était saoule, mais elle était toujours saoule. Mack voyait bien qu'ils allaient passer une nuit blanche. Il veillait avec elle très souvent, car aller se coucher, c'était mauvais. Il ne pouvait pas se contenter de s'allonger et d'attendre le sommeil parce que tout le reste venait l'assaillir, et il avait eu la preuve qu'il était un lâche en ce temps-là. Mais une heure plus tard, au Silver Trail, elle était embarquée dans un concours de baisers, opposée à une autre femme, assise à une table à l'écart avec deux ou trois hommes.

— Et ton mec, ça lui fait rien que tu sois là, à me rouler une pelle ? avait braillé l'un d'entre eux. T'as plus de langue que la sœur du diable.

À l'autre bout de la pièce, Mack avait levé une main.

— Pas de problème.

Il savait que c'était toujours un mensonge, mais il le répéta. Quand Trisha avait vu sa main ainsi levée, elle était devenue folle. Elle s'était retournée vers l'homme comme pour donner plus d'intensité à leur baiser, puis elle s'était jetée sur lui, lui labourant le visage de ses ongles en hurlant. Elle s'était mise à battre l'air de ses bras maigrichons, mais l'homme l'avait repoussée et l'avait fait tomber par terre. Mack n'avait pas bougé ; il savait tout, il avait tout saisi à cet instant-là, cet instant où il n'avait pas arrêté l'homme qui s'était levé, avait flanqué un coup de pied à Trisha puis était revenu à l'endroit où Trisha se tortillait sur le plancher et lui en avait mis un second. Mack était saoul, mais il savait qu'il ne pouvait rien porter de tout ça. Il avait cinq cents dollars dans la poche, ça le brûlait comme un poison, il s'était abîmé la main et n'avait pas aidé cette fille qui, pas une fois depuis quatre mois qu'il la connaissait, ne s'était aidée elle-même. Quand il s'approcha, il le fit de manière à ce que l'homme puisse aisément le frapper lui aussi, mais c'était terminé ; la femme du propriétaire avait ramassé Trisha, elle l'avait emmenée jusqu'à une table et lui tenait une serviette contre la bouche. Mack avait montré à Trisha la liasse de billets avant de la glisser dans la poche de son jean, et il s'apprêtait à lui dire au revoir, mais en voyant ses yeux il n'avait pas pu dire un mot.

Cela avait été le pire moment de sa vie.

Dix jours plus tard, Wes Canby l'avait retrouvé devant un restaurant à Jackson et ils avaient eu une discussion dans son pick-up Toyota noir.

— Tu ne peux pas arrêter, lui avait-il dit.

— Si, je peux. D'ailleurs, j'arrête. Je ne suis pas bon à ce job.

Puis Canby avait fait une chose à laquelle Mack s'attendait depuis longtemps. Il s'était penché et avait sorti un étui en velours bleu caché sous son siège et dégainé un pistolet. C'était un petit automatique noir quelconque. L'arme brandie par Canby ne lui avait fait aucun effet. Il avait ouvert la porte du pick-up.

— Une arme. Y a pas grand-chose à descendre par ici, mais tu peux tirer si tu veux.

Il était debout, tournant le dos à Canby.

— Tu as complètement bousillé Trisha.

— Je sais. (Mack se retourna.) On s'est mutuellement bousillés.

— Elle est morte.

— C'est pas vrai, avait dit Mack sans réfléchir.

— Dans sa cellule, à Cheyenne.

Mack avait posé ses mains sur le siège du pick-up et avait levé les yeux vers Canby.

— Si je te revois, je te tue. En plein jour, au beau milieu de la ville, peu importe.

Weston Canby avait souri.

— Tu vaux pas le temps que tu me fais perdre. Tu devrais prendre une minute et réfléchir à la manière dont les choses fonctionnent réellement. Tu es lié à moi d'au moins dix manières différentes.

Il s'abandonna aux fantômes de ses souvenirs et les fit défiler en se disant que ce moment était le pire de tous, non, peut-être cet autre, et il finit par décider que c'était le moment où il avait compris que Vonnie était partie et qu'elle avait trouvé refuge, et plus encore, auprès de son vieil ami Kent. Mack était resté planté là avec son écœurant dictionnaire et ça avait été le pire moment. La vérité était que ses pires moments formaient une longue chaîne, et quand il avait fini par se retrouver au fond du trou, à Jackson, il avait suffisamment repris ses esprits pour trouver la voiture de Kent et fracasser le pare-brise avec une barre à mine, ce qui lui avait paru être une tâche beaucoup plus lourde que cela n'aurait dû l'être ; Mack se l'était dit, au beau milieu. *Eh bien, tu n'es pas en forme, mon vieux – tu souffles comme un bûcheron alors que tu casses un pare-brise ?* Il était une loque et quand on l'avait emmené en prison, il avait vomi dans le seau toute la nuit, et les spasmes avaient fini par lui casser le dos et lui avaient laissé au creux des reins une douleur chaude comme la main de son père disparu. Mack s'était allongé dans le noir puant et ses mains étaient balafrées, crasseuses, les cuticules en sang, et les égratignures dessinaient un gribouillis noir.

La nuit tomba en couches violettes. Mack était monté jusqu'au promontoire au-dessus du lac noir pour pouvoir admirer leur campement, la tente, le petit feu, la tache de couleur de son torchon. Il chercha des yeux une étoile, mais il savait qu'elles ne sortiraient que toutes ensemble et quand il aurait détourné les yeux. Au-dessus d'un lac sombre la nuit dans un tel endroit, il est difficile de ne pas penser aux mille années précédentes et aux mille milliers d'années à venir, quels que soient vos soucis. *Est-ce bien cela ?* se dit Mack. *Est-ce bien l'effet positif que cet endroit a sur moi ?*

Le feu était devenu un petit tas de braises palpitantes, Mack y ajouta du bois pour qu'il éclaire davantage.

Il beurra deux morceaux de pain pita et les réchauffa dans la poêle.

— Je prépare le repas, chuchota-t-il.

Sa tête apparut et elle dit :

— Parfait.

— Tu as froid ?

— Pas vraiment.

Elle s'approcha du feu et s'assit sur une pierre plate.

— Je me suis endormie.

— Tu veux du vin ?

— Non, j'ai déjà un peu la tête qui tourne et j'ai la migraine.

— Bois ça, dit-il en lui tendant la boisson au citron vert.

— Du jus de bestiole, la potion magique.

Mack dégagea des braises les poissons emballés dans leur papier aluminium et ouvrit délicatement chacun des deux paquets sur des assiettes en carton. Les poissons se délitaient sous leurs doigts, une bouchée après l'autre, ils mangèrent le pain brûlé et burent toute la bouteille, puis une autre, du breuvage au parfum vert.

— Est-ce qu'il y avait des rochers dans le jardin d'Éden ? demanda-t-il.

— C'est là que nous étions ?

Ils piochaient dans leur truite et mangeaient dans le noir.

— Est-ce que la fille avait vraiment les cheveux roux ?

— Oui. C'était une grande fille aux cheveux roux.

— C'est suffisant, comme information. Je suis fatigué.

— J'ai mangé tout mon poisson, dit-elle en levant l'arête au-dessus du feu avant de l'y laisser tomber.

La nuit était calme et claire et les étoiles étaient toutes sorties, leur nombre avait triplé. Elles paraissaient se rapprocher.

— Clair et froid, dit-il. Tu veux une place sous la tente ?

— Ça va aller. (Elle jeta son assiette en papier et le tas d'arêtes dans le feu jaune et leurs visages furent éclairés à nouveau.) Mais je suis repue.

— On mangera des pattes d'ours pour le petit déjeuner.

— Et on boira ton café.

Vonnie se glissa dans son sac de couchage. Mack la vit se tortiller pour se déshabiller et son visage disparut. Il brûla son assiette et récupéra les cendres.

L'écran du BlackBerry disait : Logan Peak, E ou N. Va voir. Il tapa le message suivant : Irai demain matin. Puis il entra à quatre pattes dans sa vieille tente.

Plusieurs heures plus tard, il la sentit, le sac de couchage d'abord, puis elle dedans, lui cognant les genoux et le dos.

— Qui est là ?

Puis :

— Ça va ?

— Oui, c'est juste qu'il fait froid.

— Ouah, tu es venue sous la tente.

— On s'en fout. Ta gueule. Kent me connaît.

— Il a de la chance. Tu t'es essuyé les pieds ?

Elle se retourna, se cala contre son dos et resta silencieuse.

— Tu veux que je te raconte une histoire ?

— L'histoire du cannibale ?

— Non. Il n'était pas cannibale. Il mangeait du poisson en papillote et des pattes d'ours et il se sentait très seul. Il cherchait quelque chose.

Vonnie restait silencieuse.

— C'est ton cœur qui fait ça ou c'est un bruit de pas ?

— Mack.

— Écoute.

— Pas d'histoire.

— Il vivait dans cette forêt, aussi triste et égaré qu'on peut l'être.

— Écoute, pauvre nul. C'est *toi* qu'il veut. C'est le bruit de ses pas, il en a après *toi*.

Puis sa respiration devint celle du sommeil, et il recula un peu pour qu'elle soit là, et il ferma les yeux et se mit à réciter une prière qui devint aussi sommeil.

JOUR QUATRE

LE JOUR NE VOULAIT PAS SE LEVER. Mack finit par sortir de sa tente en rampant et il comprit : le ciel était un immense couvercle solide, bourré de denses nuages gris serrés d'un bord à l'autre. Ils avaient chargé le ciel toute la nuit durant. Sous ces nuages, l'aube était douce, et il s'éloigna de sa tente en caleçon, sans lacer ses chaussures, pour aller uriner. Il n'y avait pas de givre et il sentait le parfum des pins et du lac. Il lirait les messages de Yarnell quand ils seraient arrivés à Clark. C'était son dernier jour plein avec Vonnie et il s'annonçait exactement comme il l'avait imaginé, au fond de lui, de son cœur. Il avait passé dix mauvais mois, mais maintenant il allait mieux. Il arrivait presque à l'accepter ; il serait capable d'aller au bout d'une journée. Il revint au campement et s'accroupit pour attiser le feu.

— Habille-toi, dit Vonnie du fond de son sac de couchage, dans la tente.

— Je relance le feu. Tu veux manger, non ?

— Mets ton pantalon.

Il sortit ses vêtements de la tente et la regarda.

— Tu as eu assez chaud ?

— C'était parfait. Merci pour l'abri.

La voyant dans la vieille tente sous le ciel gris, il se trouva obligé de se tourner pour aller ouvrir le kit de cuisine. Il avait été surpris de constater comme tout se répercutait dans son corps, des moments aigus partout, essentiellement dans son estomac, mais aussi en haut de son dos et sur son front. Il avait passé presque un mois à pleurer et cet endroit était encore sensible. Mack attisa le feu pour en faire une torche orange, sans fumée, d'un demi-mètre de haut, et il le laissa redescendre jusqu'à ce qu'il puisse installer la grille sur les pierres. Il posa la cafetière sur la grille, ainsi qu'une casserole d'eau, et quand la poêle noire fut chaude et que le beurre commença à glisser, il déposa les deux pattes d'ours dorées et cassa ses six œufs tout autour.

— Tu fais à manger, dit-elle.

Il lui apporta l'eau chaude jusqu'à l'entrée de la tente et lui tendit le torchon propre. Elle s'assit dans son sac de couchage, posa sur ses genoux sa veste et son pantalon, et se lava le visage dans le matin gris.

— J'ai des courbatures, dit-elle, pas toi ?

— Donne, dit-il en lui prenant des mains sa chemise bleue en laine.

Il la tendit devant le feu, le devant, le dos, le devant à nouveau. Lorsque l'intérieur fut chaud, il la lui rapporta et elle l'enfila.

— Merci, M'sieur. C'est sympa.

— On peut s'arrêter chez Mowram demain en descendant en ville.

— Ils seront fermés.

— Je vais appeler.

— Pas question que je plonge dans un bain chaud avec toi.

— Vonnie, tu peux avoir confiance en moi. Regarde, tu es sous ma tente.

— Mack, je suis venue ici. Et je suis heureuse de l'avoir fait. J'ai confiance en toi. Enfin, je crois. Mais il n'y aura que cette randonnée, et c'est tout. Tu le sais. (Elle se frotta fort les oreilles et lui tendit le torchon en souriant, toute propre.) Je te verrai en ville.

Il dit :

— De temps en temps. Peut-être au bureau de poste. Je te porterai tes paquets.

— Non, pas question.

— La tambouille est prête, fit-il en désignant la poêle. Mangeons.

Elle s'habilla et sortit dans le jour sombre.

— Pluie, dit-elle.

Il doubla les assiettes en carton et lui en tendit une avec une fourchette.

— Plat unique, dit-elle en regardant la pâtisserie et les œufs. Je ne suis pas équipée pour la pluie, mais peut-être qu'on y échappera.

— Peut-être qu'il va neiger. Nous devrons rester ici à camper et tu devras me faire confiance tout l'hiver.

Le ciel était un tampon ouaté gris pesant. Ils mangèrent les œufs et coupèrent en morceaux les pattes d'ours chaudes qu'ils trempèrent dans leur café au lait bien corsé. Mack essuya ses casseroles et tendit les assiettes à Vonnie.

— Tiens, fais la vaisselle.

Elle glissa les deux assiettes couvertes de jaune d'œuf dans le feu. Il se leva et contempla la surface maussade de Valentine Lake.

— Bien, dit-il. Montons jusqu'à Clark avant de boucler cette escapade.

Ils préparèrent leurs sacs pour la journée et rejoignirent la piste principale, parcourant les deux kilomètres jusqu'au pont de bois qui enjambait la Wind dans la grande prairie. Assis sur les troncs, ils défirent leurs chaussures et les relacèrent.

— Ouh là là, fit Mack.

Il tendit un doigt vers un épais panache de fumée blanche au-dessus d'eux dans la vallée, qui montait et tournoyait, lourd, dans les nuages.

— Les étudiants sont en train de se faire un petit déjeuner complet.

— Ils ont besoin que tu leur apprennes à faire un feu de camp.

Il se leva.

— Faisons un crochet. On peut monter à Lower Divide Lake et repartir de là.

La fumée dérivait maintenant le long d'un plafond de nuages à travers la vallée. Ils se tournèrent et prirent la piste principale vers l'est, dépassèrent la pancarte du service des Forêts signalant la direction de Little Joseph Lake et empruntèrent le sentier non balisé jusqu'à Upper Divide. Ce côté du cirque montagneux était ouvert, avec de hauts taillis, de l'herbe et des saules qui poussaient dans un large fossé d'écoulement marécageux. Il y avait des ponts de rondins et de planches dans les creux et, dans la chaleur du jour proche, ils sentaient le doux parfum des spartines et des pins. Cela faisait du bien de marcher à nouveau ; ils ne parlaient pas. À mi-chemin de l'ascension, Vonnie arrêta Mack en lui posant une main sur la poitrine. Il avait la tête baissée et il leva les yeux pour voir un élan femelle juste à côté de la piste, qui releva la tête et les regarda par-dessus son épaule en mâchonnant. Sa robe était d'une chaude couleur brune, en cette saison, et son regard était paisible. L'animal mastiquait et soutint leur regard. Au bout d'une bonne minute, Vonnie repoussa Mack et ils reculèrent jusqu'à un endroit d'où ils pouvaient monter et contourner la piste. Ils ne parlaient toujours pas lorsqu'ils retrouvèrent le sentier, de l'autre côté de la prairie, avant d'enchaîner les virages en épingle à cheveux de la dernière colline avant le lac.

— Ça fait beaucoup de détours pour une journée, dit Vonnie.

Upper Divide était un lac de dix acres bordé en haut par la paroi rocheuse. Mack et Vonnie suivirent la piste envahie d'herbes folles le long de la berge jusqu'à l'endroit où les arbres renonçaient, au pied du talus. Elle s'assit sur un bloc de granit et sortit sa gourde. Mack s'assit à son tour.

— Notre élan, dit-il.

Ils avaient campé ici une année, de l'autre côté du lac, dans un endroit où se trouvait un énorme tronc tombé de travers ; il leur avait servi de tout, de table, d'étagère, de chaise. Ils avaient fait l'amour contre lui.

— Je sais où se trouvent nos initiales, juste là, dit Mack.

— Ce n'est pas notre élan, dit Vonnie en lui tendant la gourde. Tu es entouré de fantômes.

— J'ai une mémoire vivace, si c'est ce que tu veux dire.

— Tu es comme un autobus plein de fantômes.

— Peut-être. Oui, il y a des fantômes. Tu n'en as pas, toi ?

— Non, M'sieur.

— Même pas moi ?

— Non, Mack, même pas un fantôme de toi.

— Eh bien, il est vraiment bon, ton thérapeute.

— Il fait aussi sombre qu'en pleine nuit. J'aurais préféré un peu de soleil.

— Il n'y en aura pas aujourd'hui, malheureusement.

Elle était déjà debout et sur la piste, à l'endroit où celle-ci s'éloignait du lac en montant vers Clark. Maintenant, leur marche se déroulait à plat, traversant le flanc de la montagne au milieu des grands arbres, un doux crépuscule humide. Ils respiraient fort et discutaient tandis qu'elle ouvrait la voie, deux pas devant lui.

— Quels sont tes projets ? Et pas la peine d'inventer des trucs.

— Je vais régler mes dettes, sauver le ranch, l'essentiel du ranch.

— C'était quoi, un chapitre sept* ?

— Je ne veux pas parler de ça.

— Kent est au courant. Allez, Mack.

— Kent est au courant de tout ; il représente la moitié de mes créanciers. Chapitres sept, huit, neuf, dix, onze et tout le reste. Je rembourserai jusqu'au dernier dollar, seulement, pas cette année.

— Qu'est-ce que c'est que ça ? demanda Vonnie en levant le nez, sentant quelque chose.

Ils s'immobilisèrent comme pour tendre l'oreille, et Mack sentit la puissante odeur de terreau.

— De la terre ?

Ils contournèrent, l'un derrière l'autre, l'extrémité de la paroi rocheuse et se trouvèrent devant un glissement de terrain tout frais, la terre et les pierres ayant roulé pour former une butte de la taille de trois maisons, qui s'étalait à sa base. Ils reculèrent d'un pas pour essayer de comprendre le phénomène.

— Ouah ! fit Vonnie.

Elle contempla le tas de pierres.

— Descendons pour le contourner, dit-il.

— Toi d'abord. Quand est-ce que ça s'est passé ?

— Probablement au printemps dernier, quand il a gelé et dégelé trois fois.

L'immense glissement de terrain formait un trou régulier dont le bord d'attaque était contigu à deux grands plissements

* Allusion au chapitre sept de la loi fédérale sur les faillites. (Toutes les notes sont de la traductrice.)

de terre arrachée et d'arbres tordus, inclinés, continuant à pousser à des angles désespérés. Des pousses d'herbes et de minuscules fleurs sauvages germaient sur les saillies. Ils retournèrent jusqu'au bord supérieur juste en dessous du contrefort montagneux et s'enfoncèrent dans la forêt de grands arbres qui devinrent plus grands encore, plus majestueux à mesure qu'ils avançaient. Il y avait déjà une nouvelle piste tracée autour de l'obstacle, étrangement bien marquée pour une sente de gibier. Elle plongeait et rejoignait le chemin d'origine qu'ils avaient suivi, et ils poursuivirent dans la grosse futaie. Ici, les arbres étaient vraiment immenses, distants de près de sept mètres, avec des troncs de plus d'un mètre de diamètre, et leurs premières branches poussaient à une dizaine de mètres du sol. Il n'y avait pas de sous-bois du tout, juste de l'humus et de la terre tassée dans cette sombre forêt silencieuse.

— Cet endroit est étrange, dit-elle.

— Magique.

Ils le voyaient tous deux pour ce qu'il était, une espèce de bosquet où ils se seraient autrefois arrêtés pour faire l'amour. L'intimité était écrasante, elle pesait sur la poitrine de Mack.

— Tu veux que je te raconte une histoire ?

— Le cannibale avait des scrupules et il était bourré de regrets, mais non, pas d'histoire, dit-elle, merci.

Maintenant, ils entendaient chanter un torrent, mais ils n'en voyaient aucun. La température baissait un peu dans la clairière.

— Qu'est-ce que c'est ? demanda-t-elle.

Mack s'arrêta :

— Il pleut.

La pluie était maintenant tout juste perceptible, la brume s'infiltrant à travers les denses frondaisons. Le sentiment d'encerclement était total ; ils continuèrent à marcher en silence dans le dédale de la forêt.

— J'adore cet endroit, dit Vonnie.

— Ce sont les plus vieux arbres, ici.

Ils avaient à peine avancé de cent mètres que Mack s'arrêta brusquement et, le dos collé à un arbre, attrapa le bras de Vonnie pour la tirer contre lui.

— Arrête !

— Chut.

Son visage grave la convainquit de cesser de se débattre.

— Qu'est-ce qu'il y a ?

Elle avait eu la bonne idée de chuchoter.

— Là… (Il pencha la tête.) Regarde.

Au-delà de l'écran sombre formé par les troncs moussus se trouvait une tente grise. La scène se précisa : le cercle du feu de camp, la grande tente et deux cerfs éviscérés suspendus par les pattes arrière à une perche horizontale clouée à deux arbres plus gros. Il la regarda et chuchota :

— Il y a quelqu'un ?

Ils étaient tous deux parfaitement immobiles. Elle regarda par-dessus l'épaule de Mack.

— Non.

— De la fumée qui monte du feu ?

— Non.

Elle resta collée à lui.

— Merde, dit-il.

— Des braconniers.

Elle plongea la main dans sa poche de devant, en sortit un minuscule appareil photo et se décala d'un pas pour prendre un cliché.

Mack avait été pris par surprise. La dure réalité formait un tableau obscène dans la pénombre de la forêt et avait défiguré la journée. Il y avait du sang sur les arbres.

— Partons, Vonnie.

— Quels salopards.

Il pouvait entendre cliqueter l'appareil.

— Ça suffit, recule.

Ils se retournèrent et rebroussèrent chemin rapidement, d'un pas pressé. À mesure qu'ils avançaient, les frondaisons étaient moins denses, et la pluie tombait dru maintenant, ce n'était pas qu'une simple averse. Arrivés aux éboulis, ils s'assirent sous un arbre et ouvrirent leurs gamelles.

— Bel appareil, dit Mack. C'est aussi Kent qui te l'a donné ?

— Est-ce que tu sais où on est ?

— Oui, je serais capable de donner la localisation.

— Bon, tant mieux.

— Tu as ton téléphone dans ta voiture.

— Dans ma poche.

— Tu l'avais avec toi ?

— Ne fais pas semblant d'être surpris. Kent m'a dit de le garder.

— Je croyais qu'on avait un accord.

Il entendit l'appareil biper quand il se mit en route. Vonnie regarda l'écran.

— Pas de réseau.

— On est sous cette colline. Montons à Clark et tu pourras passer tes appels.

— Mack, on retourne sur nos pas. Il faut s'éloigner de ces types.

Il savait qu'elle avait raison ; c'était une sale affaire. Ils avaient l'air bien réels. Ce n'était pas une simple histoire ; ces types étaient de vrais bouchers et il y avait eu d'autres cerfs accrochés dans ces bois tout l'été.

— OK, allons-y.

Alors qu'il parlait, une silhouette apparut dans une fente de terre entre les étranges arbres penchés, suivie aussitôt par un autre homme. C'était tout ce que Mack ne voulait pas voir ; c'était comme assister à un accident. Ils portaient une perche de quatre mètres sur laquelle était attachée une biche éviscérée, la tête pendante effleurant le sol à chacun de leurs pas. Mack s'arrêta quand le premier homme le vit, et Vonnie s'immobilisa à son tour. L'homme était vêtu d'un pantalon de treillis sale et d'un T-shirt noir à manches longues sous un gilet de chasse. Il portait sa carabine en bandoulière. Il avait une quarantaine d'années et une raie partageait ses cheveux soigneusement coupés. Il ne s'arrêta pas mais regarda fixement Mack, puis Vonnie, tout en approchant. Le second homme était plus âgé et plus costaud, habillé tout en jean, chemise et pantalon. Il mâchait quelque chose frénétiquement et avait les yeux brillants. Son fusil à lunette était lui aussi en bandoulière et ses cheveux avaient connu la tondeuse une semaine auparavant.

Mack embrassa le tableau d'un regard, il saisit Vonnie par la main et l'attira derrière lui.

— Salut, fit Mack.

Aucun des deux hommes ne répondit. Ils se contentèrent de les regarder, puis le premier, le plus jeune, qui avait un fin visage d'acteur, dit :

— Salut, Mack.

Vonnie en eut le souffle coupé.

— Canby, fit Mack.

Ils fixaient tous deux le cerf attaché à la perche.

— Putain, mais qu'est-ce que… ? commença le plus âgé des deux.

Sa chemise était sortie de son pantalon et il avait du sang sur les jambes. C'était lui qui avait le grand couteau, devina Mack. Son visage paraissait coupable, effrayé.

— Quelle chance, dit Wes Canby. Pauvre connard. (Il ajusta la charge sur son épaule et sourit.) Tu vas me tuer ?

— On pêche, dit Mack. C'est tout.

— Plus maintenant, fit Canby.

La pluie tombait et résonnait au-dessus de leur tête. Les deux hommes soulevèrent leur poids mort et la tête de l'animal tressauta sous sa gorge tranchée.

— On ne vous a pas vus, dit Mack.

Tenant Vonnie fermement par la main, il passa à côté du premier homme, du cerf fumant sous la pluie, de son odeur de gibier fétide, à côté de l'homme couvert de sang.

— Pose, dit Canby à son partenaire, et ils se mirent à soulever leur fardeau pour le décaler sur le côté.

— Vas-y, dit Mack en poussant Vonnie devant lui sur la piste. Cours.

Elle s'élança. En deux pas, elle était partie d'une belle foulée sur le chemin trempé. Mack la suivit, et sur les vingt premiers pas, il s'assura de rester entre elle et les braconniers. Il sentait venir le tir imminent, ils dévalèrent la pente, un virage, puis cinquante, cent mètres. La pluie avait perdu de son intensité et s'était installée partout dans la durée. Il faisait une chaleur étrange. Mack détestait courir dans les bois. Vonnie courait à toute vitesse et il dut lutter pour parvenir à l'attraper par son sac à dos et la retenir.

— Cours à petites foulées, regarde où tu mets les pieds. Ne fonce pas et ne tombe pas.

Le chemin était trempé. Rapidement, il devint un ruisseau et ils couraient en pataugeant, tandis que le niveau montait et mordait la paroi. Ils coururent, et il attendit que l'adrénaline redescende et que ses genoux le brûlent, mais elle ne redescendit pas et ils poursuivirent leur course. Il n'avait pas regardé sa montre et il détesta ça aussi. Il ignorait depuis combien de temps ils couraient. La boue se collait dans les rainures de leurs chaussures et leurs empreintes étaient d'autant plus visibles et faciles à repérer. Ce serait comme suivre à la trace un éléphant. Ils passaient sur l'herbe quand ils le pouvaient, mais ne cessaient de devoir retourner dans le sillon boueux. Le cœur de Mack menaçait de lui perforer la poitrine, puis il s'installa lui aussi dans un roulement régulier et il retrouva sa vision. Ils descendirent le long de la piste. Ils ne pouvaient pas distancer un coup tiré par un 30.06 ou par un 273. Ils ne pouvaient pas échapper à un petit fusil de calibre .22. Ils sortirent de la forêt et traversèrent une prairie vert saule dans le jour assourdi, puis rentrèrent à nouveau sous les arbres où le sol était un peu moins dangereux – de la terre mouillée, sans les herbes. Vonnie avait toujours été une bonne coureuse. Ils avaient fait deux courses de dix kilomètres – quand ? Sept ou six ans auparavant ? Elle donnait envie de courir, parce que sa foulée était fluide et que ça avait l'air facile. Quand Mack courait, c'était laborieux. Elle filait maintenant cinq mètres devant lui, ralentissant par moments pour s'assurer qu'elle restait bien sur la piste et, par deux fois, ils durent s'arrêter et rebrousser chemin pour la retrouver. Chaque fois qu'ils entraient dans des petites clairières, la pluie semblait plus forte. Ils débouchèrent dans une prairie allongée que Mack ne reconnut pas et Vonnie dérapa ; elle s'accrocha à une branche de saule et glissa sur le dos, sa cuisse cognant contre les rochers. Elle se remit immédiatement debout et tomba à nouveau.

— Eh merde, Mack.

Son short kaki était trempé et la blessure lui barrait la cuisse, une entaille de quinze centimètres faite par les cailloux et déjà ponctuée de marques bleues. Elle avait l'air furieuse, était couverte de terre. Il ôta un gravier de la blessure et elle eut le souffle coupé.

— Non, non, chuchota-t-elle, ne touche pas.

Il n'y avait pas le temps d'évaluer les dégâts. Il la saisit par les aisselles et la tira d'une dizaine de mètres sur le côté du chemin, regrettant les marques laissées dans l'herbe. Elle avait les yeux ouverts et n'avait pas pâli. Ils haletaient tous les deux, mais il la laissa là et, faisant un grand détour, il retourna sur le chemin et courut sur une cinquantaine de mètres en prenant garde à bien laisser des traces d'un virage vers la forêt au-dessus. Il resta là un moment puis laissa tomber sa canne à pêche – le *coup de grâce**. Il ne pouvait se rappeler la dernière fausse piste qu'il avait laissée ; c'était probablement lors d'un jeu, quand il était enfant. Sur l'humus, il pouvait marcher sans laisser de traces et il fit demi-tour et alla rejoindre Vonnie. Elle était franchement pâle, maintenant, ses yeux étaient cernés.

— Je vais bien.

— On laisse tomber, répondit Mack.

Il tendit le bras.

— On va descendre tout droit et se cacher.

Il la remit debout et l'installa par-dessus son épaule ; elle fit “oh” doucement, mais il sentit qu'elle se crispait sous l'effet de la douleur. Mack descendit à pas lourds à travers les arbres morts et les saules, serpentant lentement en essayant de ne pas tomber. Leurs respirations étaient synchrones et ils haletaient à chaque pas. Deux cents mètres plus bas, il se retrouva dans le marécage, de la boue jusqu'aux chevilles et il détestait ça, mais à chacun de ses pas, les saules se refermaient derrière lui et il adorait ça. Il avait passé toute sa vie à parcourir les chemins des crêtes, et il se retrouvait maintenant dans la vraie gadoue. Il continua à descendre en

* En français dans le texte.

titubant, essayant de trouver des points d'appui surélevés, des points de répit, mais chaque touffe d'herbe révélait la même vase. Il était content d'avoir si bien lacé ses chaussures ce matin. Il transpirait sous la pluie et progressa, pied gauche, pied droit, jusqu'à ce que l'adrénaline soit évacuée, sans qu'il sache si c'était depuis une demi-heure ou une heure.

— Ça va, chuchotait régulièrement Vonnie dans son dos. Je me suis fait mal à la jambe, c'est tout.

Aveuglé par la sueur, il quitta la rive herbeuse et mit le pied dans un trou de castor. Il se retrouva dans l'eau jusqu'en haut des cuisses.

— Bon Dieu !

Il s'arrêta et entendit Vonnie dire :

— L'eau.

Il localisa le barrage, l'empilement de bâtons de la taille d'une voiture, et pataugea lentement jusque-là.

— Je vais t'installer ici.

— Oh.

Avec tout le poids de Vonnie sur son épaule, la tenant fermement avec ses mains, il se redressa et se pencha lentement en avant jusqu'à avoir peur qu'elle tombe, puis il sentit les fesses de Vonnie toucher le barrage ; elle s'agrippait à lui tandis que son visage descendait doucement tout contre le sien.

— Vous pouvez enlever vos mains, M'sieur. Merci beaucoup.

Elle avait les paupières tombantes et elle se hissa pour sortir de l'eau, son visage ahuri levé vers la pluie, une grimace aux lèvres serrées sur le visage.

— Je te laisse une minute ?

— OK pour une minute.

Mack pataugea dans la mare. Il parcourut une dizaine de mètres avec de l'eau jusqu'à la taille et sortit à quatre pattes à l'opposé de Vonnie. Elle lui sourit et dit :

— Ça ne va pas trop mal, mais les coins de sa bouche étaient pincés et tremblaient.

Sa beauté lui illuminait le cœur, la délicatesse de ses traits. Il se mit debout comme il put et s'enfonça dans le marécage à la recherche d'un point surélevé et d'un abri. Il traversa une acre d'herbe gorgée d'eau puis monta dans la forêt encore une fois. Ce n'était pas un terrain sec, mais c'était la terre ferme. Il tapa ses bottes contre un arbre pour en décoller la boue, se pencha, posa ses mains sur ses genoux et essaya de retrouver son calme et de penser à la suite, mais ses pensées refusaient de s'organiser. Il fallait qu'il aille la chercher. Mack redescendit dans le creux puis entra dans la mare, pataugea jusqu'à Vonnie qui se tenait la tête baissée sous la pluie. Elle paraissait lui adresser des hochements de tête pour une raison quelconque, approuvant tout ce qu'il disait.

— Ça va ? Tu m'entends ? Tu as froid ? J'ai trouvé un endroit où on pourra se cacher.

Il n'arrivait pas à la soulever de l'endroit où il se trouvait, alors elle se tourna et il l'attrapa sous les bras. Il ne pouvait que la traîner, ses talons cognaient, glissaient dans la boue. Sous l'abri rudimentaire offert par les pins, il examina sa blessure en prenant soin de ne pas appuyer. C'était une bonne contusion, mais il ne pensait pas qu'il y avait de fracture. Sa jambe tout entière était couverte de sang mêlé d'eau, mais le saignement avait globalement cessé et le bord de la plaie était devenu bleu et gris. Mack ramassa un petit paquet de brindilles grosses comme des allumettes en arrachant les pointes noueuses des broussailles, deux poignées, et les donna à Vonnie.

— Mets ça sous ta chemise contre ton ventre.

Elle obéit. Il ramassa cinquante bâtonnets tout mouillés et les posa contre un tronc d'arbre. Il ramassa vingt branches plus grosses en faisant attention à ne pas les briser, et les posa à côté des autres en un tas aéré, qui pourrait sécher si la pluie diminuait de moitié. Il posa la main sur le front de Vonnie.

— Je suis tombée assez lourdement sur le cul, dit-elle. Mais je peux te dire qui est le vice-président.

C'était la question qu'on posait aux victimes de commotion cérébrale quand elles ouvraient les yeux, une vieille plaisanterie que faisait le père de Mack, à cause d'un gamin qui était tombé de cheval à l'époque où Gerald Ford était président.

— Tu veux du thé ? demanda-t-il.

— Mon Dieu, ça, ce serait super. Avec le sucre en morceaux, merci. (Elle chuchotait.) Je suis devenue dépendante de ton sucre en morceaux.

Il assembla son réchaud sous l'arbre et alla chercher un récipient d'eau dans le ruisseau au-dessus du barrage de castors.

— On pourra faire du feu une fois que la nuit sera tombée, dit-il.

— C'est un vrai bivouac.

— Oui.

— Est-ce que la nuit est tombée ? Je plaisante. Mais je vais vouloir une pierre chaude.

Elle examinait doucement sa plaie du bout des doigts, appuyant de part et d'autre en faisant des grimaces.

— Et ensuite, tu vas essayer de te lever, dit-il. Ne fais pas ça. On aura tout le temps demain matin.

— C'est un super réchaud. Je suis une fan absolue de ton réchaud et de tes morceaux de sucre.

Mack étudia son visage et ne sut pas le déchiffrer. Il s'intima l'ordre de cesser de s'inquiéter, parce que l'inquiétude ne servait qu'à embrouiller les décisions en nœuds de corde mouillés, disait son père. Il avait besoin de faire un simple bilan. *C'est toi qui as fait ça*, se dit-il. *C'est bien toi, tout ça*. Vonnie était assise de biais, sur sa bonne jambe, contre un arbre mouillé. Elle était pâle mais elle arrivait à parler. Ils burent le thé avec les morceaux de sucre et mangèrent une pomme qu'il découpa en quartiers, ainsi que le casse-croûte de midi qu'il avait apporté, du pain pita et du fromage. Il fit bouillir de l'eau à nouveau et ils burent un autre thé, moins fort, avec deux fois plus de sucre. Elle prit de l'aspirine. La pluie restait une donnée constante, mais sous l'arbre, ils séchèrent aussi vite qu'ils avaient été mouillés, et la pluie continua de tomber. La nuit descendit par paliers vertigineux ; il lui fallut des heures. Il avait fait si sombre toute la journée que le soir était imperceptible. Peu après 19 heures, Mack se mit debout, il alla jusqu'à la lisière de la forêt et constata que la lumière s'était épuisée.

— J'ai envie de faire pipi, dit Vonnie.

— Essayons la position debout.

Elle leva les bras et dit :

— Attends, ma chemise est pleine de brindilles.

Mack les prit et les fourra dans son sac à dos, maintenant qu'elles étaient sèches. Il se planta devant elle, la tenant par les deux mains, ses pieds à elle calés contre ses chaussures à lui. Il la souleva et elle se mit debout. Dans la pénombre, il vit le voile d'un étourdissement passer fugacement sur son visage.

— Comme ça, dit-elle en le positionnant de son côté blessé.

— On ne va pas loin.

Il passa son bras par-dessus son épaule et ils firent dix pas, passèrent trois arbres.

— Et maintenant ? dit-elle. Bon sang, Mack, fredonne un truc.

— Quoi ?

— Cette chanson de *hobo* ennuyeuse.

Elle lui demanda de détourner les yeux.

— *Here's to you, my rambling boy*, chanta-t-il doucement. *May all your rambling bring you joy. Late one night in a jungle camp, the weather was cold and damp, he got the chills and he got them bad. I lost the only friend I had. Then here's to you, my rambling boy, may all your ramblings bring you joy**. C'est tout ce que je connais.

— Ça n'est pas suffisant pour ce voyage, dit-elle du niveau du sol. Chante à nouveau.

Il recommença, puis elle se remit debout en s'accrochant à lui.

— Merci, M'sieur.

— J'apprendrai la chanson en entier pour la prochaine fois.

— C'est ça.

Il bâtit un feu de la taille de sa main, gardant tout le combustible près de lui. Le premier doigt de fumée blanche était l'incarnation même de l'espoir ; le feu luttait et tremblait sous la pluie, mais pas assez pour l'inquiéter. Les braconniers devaient s'inquiéter pour leur propre feu. Mack

* Voici pour toi, mon ami marcheur, puissent toutes tes marches t'apporter la joie. Une nuit dans un campement au milieu de la jungle, il faisait froid et humide, il a attrapé mal, et vraiment très mal. J'ai perdu le seul ami que j'avais. Alors, voici pour toi, mon ami marcheur, puissent toutes tes marches t'apporter la joie.

rassembla ses bâtons secs. Il s'allongea sur le côté et installa Vonnie, allongée sur le bon côté, entre lui et le feu.

— Ça va ?

— Ça va. Ça m'a coûté cher de courir dans les bois, Mack, mais ça va.

Une minute plus tard, elle dit :

— Pas de réseau.

— Éteins ça, économise la batterie. C'est ce que Kent voudrait.

Il allongea le bras pour qu'elle puisse y poser sa tête et il passa son autre bras par-dessus son ventre pour pouvoir alimenter le feu.

— C'était le type pour qui tu travaillais ?

— Canby. C'est un trafiquant et il est malin, il connaît tout le monde. Je l'ai vu faire des nœuds compliqués alors qu'il était défoncé. (Mack sentit l'air s'échapper de ses poumons et il chuchota :) J'ai convoyé pour lui, entre autres choses.

Elle resta silencieuse, puis, d'une toute petite voix, elle dit :

— Tu aimais cette fille ?

— J'étais avec cette fille. C'est tout. J'étais cinglé au dernier degré. Et aujourd'hui, je suis tout aussi désolé. Mais je sais ce que c'est qu'aimer, Vonnie, et la réponse est non. Si c'était oui, je dirais oui.

— Et elle, elle t'aimait ? Trisha ?

— Personne ne le sait, pas même elle. Elle avait une manière délirante de parler, mais elle ne disait jamais *aimer*, et je ne l'ai jamais vue sans qu'elle soit sérieusement diminuée ou bien partie pour l'être.

— Comment as-tu pu…

Il y avait de l'eau qui bougeait partout, qui coulait et dégoulinait, se mêlait au son des brises délicates. Mack nourrissait le petit feu.

— Je ne sais pas, Vonnie.

Il choisit une poignée de petits bâtons, un par un.

— Vonnie. Elle est morte. Je l'ai entendu dire, puis je l'ai lu dans les journaux. Elle n'est jamais revenue de son trip. Et je suis en partie responsable.

— Je me le suis demandé. Je savais. Je suis désolée, Mack.

— C'est moi qui suis désolé, si tu savais. Vraiment désolé.

Au bout d'un moment, Vonnie dit :

— Un bivouac.

— Sur les hauteurs.

— Je vais avoir besoin d'une histoire. Comment il s'appelait, déjà ?

— Il s'appelait Hiram Corazon.

— Il était mexicain ?

— Non, canadien, rectifia Mack, mais d'une province qui n'existe plus. Les deux rivières ont dégelé et la province a disparu.

— Elle était petite.

— Assez grande pour le village.

— Celui où il a rencontré la fille, dit Vonnie. Elle s'appelait comment ?

— Lucinda Amateur.

— C'était une famille adorable.

— Effectivement. Pleine d'Amateurs. Ils élevaient des oies et fabriquaient des édredons pour les gens de la ville.

— Oh, là là, un gros édredon en duvet d'oie…

— Douze centimètres d'épaisseur.

— Et sec.

— Absolument.

— Comment se sont-ils rencontrés ? demanda Vonnie. Non, comment l'a-t-il perdue ?

— Tu veux quelle histoire ?

Ils chuchotaient.

— Leur rencontre.

— Ils se sont rencontrés de la même manière qu'ils se sont perdus.

Mack parlait, lui-même au bord du sommeil.

— Dis-moi.

— À cause de l'oie qui s'est perdue.

— Je ne connais pas cette partie-là. C'était le cannibale, c'est ça ?

— Vonnie, écoute-moi. Les gens pensaient qu'il était cannibale et il s'est retrouvé avec cette réputation de cannibale, et la légende avait besoin d'un cannibale, mais ce que faisait Hiram Corazon était quelque chose de très tendre et d'étonnant.

Vonnie recula un peu pour se coller à lui.

— Tu as froid ?

— Oui. C'est comme ça que je sais qu'on est là.

— Moi, ça va. C'est un bon petit feu que nous avons là.

Il sentait son visage contre son bras.

— OK, dit-il.

Mack sentait l'inquiétude dans ses entrailles mais, en parlant, il pouvait la tenir à distance. Il pensa à l'histoire de l'avion, à la mission de Yarnell et à cette stupide prime. Il la voulait toujours. Encore un mauvais choix. Les bois étaient maintenant des rideaux sombres et dégoulinants, mais le feu tenait bon et Mack parlait dans les cheveux de Vonnie. Il parlait lentement à mesure que les mots lui apparaissaient.

— Ils étaient jeunes et voulaient aider leur famille dans le village, et ils prirent un travail à la pension d'oies pour ramasser le duvet. Les oies s'arrêtaient à la pension en allant vers le nord en été et vers le sud en hiver. Elles pouvaient y manger des graines et passer deux ou trois jours à se reposer, lire. Bref, se mettre les palmes en éventail. Les oies ont de grands pieds palmés, et elles aiment les détendre à la moindre occasion. En hiver, Hiram bouchonnait les oies en partance vers le sud et récupérait le duvet. Elles adoraient ça. Beaucoup d'oies se faisaient faire des masques de beauté aussi et se faisaient polir le bec, des *beckicures*.

Le fait que Vonnie ne pose pas de question sur ce mot lui indiqua qu'elle était endormie, mais lui aussi était presque endormi, et il continua à chuchoter.

— De grandes balles de duvet pour l'atelier d'édredons du village, les plus beaux édredons en duvet de toutes les Amériques et d'une partie de la Mandchourie, où ils avaient un comptoir. Un jour, à la fin de sa journée de travail, Hiram découvrit qu'il manquait une oie, et il était responsable de toutes les oies. Il connaissait cette oie, dont le nom était Robert Guatemala, parce qu'il était le maire d'une volée qui passait l'hiver là et qui n'était pas censée partir avant le matin. Il s'entretint avec son associée du bouchonnage d'oies, Lucinda Amateur, sur ce qu'il convenait de faire. Ils avaient fermé le salon de soins et rangé leurs instruments comme ils le faisaient depuis un an. Il adorait la manière dont elle rangeait les instruments, et il adorait sa façon de collecter le duvet et de traiter les oies, et Hiram savait qu'il aimait Lucinda Amateur, mais il ne savait pas quoi faire. Il allait lui en parler le lendemain, et il ne lui parla jamais. Il vécut toute sa vie sur le point de le lui dire. Quand elle était près de lui, son cœur battait. Il l'entendait battre même quand les oies parlaient. Lucinda dit, il faut que nous retrouvions cette oie, même s'il n'y en a qu'une, il faut que nous la retrouvions. Alors ils s'enfoncèrent dans la nuit nordique de la province perdue et commencèrent à chercher. Il n'y avait que deux endroits possibles, à l'est et à l'ouest du village.

Mack répéta cette phrase, puis dit *village* encore une fois en voyant la jeune fille s'enfoncer dans les ténèbres, puis il s'endormit.

JOUR CINQ

C'ÉTAIT UN CAMPEMENT FROID dans l'aube ruisselante. Mack ouvrit les yeux dans le jour nouveau et vit entre les pins les lambeaux bleu vif du ciel et les brisures des nuages qui s'effilochaient à mesure que le soleil se levait. Le froid lui avait labouré le dos pendant des heures, pas les bourrasques venteuses mais l'air courant constamment qui le laissait frissonnant et perclus de crampes. Des rayons de soleil tombaient à travers les frondaisons en lignes penchées, s'accrochant ici et là dans les grandes toiles d'araignées suspendues ; on se serait cru dans une église, pensa Mack, mais il avait froid maintenant, et son dos était douloureux. Il tenait Vonnie bien serrée au creux de son bras ; elle avait arrondi son dos pour se coller à lui jusqu'aux chevilles. Tout était humide, même leur petit tas de cendres sur le sol, et ils ne pouvaient plus faire de feu. Mack avait froid et il savait qu'en bougeant il aurait encore plus froid. Aucune chaleur dans les flaques de soleil. Il s'assit.

— Quoi ? dit Vonnie. Tu as froid ?

Elle se recroquevilla davantage.

— Ne bouge pas, je veux examiner ta jambe.

La blessure avait enflé et, maintenant, des taches bleues étaient apparues tout autour, mais elle n'était ni rouge ni infectée. À quatre pattes au-dessus d'elle, il plongea son regard dans le sien, ses cheveux dessinaient un cône autour de son visage. Elle lui adressa un sourire genre *c'est-à-moi-que-tu-parles* et dit :

— Est-ce que je peux marcher ? Vais-je pouvoir redanser un jour ? En fait, ce que je voudrais vraiment savoir, c'est : est-ce que j'aurai à nouveau chaud un jour ?

Elle tendit les mains et il les prit dans les siennes.

— Aide-moi.

Il aurait aimé que ce geste dure toute la vie, eux deux se tenant par les mains, tendus vers la suite.

— Avec plaisir. Bonjour, Vonnie.

Ils restèrent un moment dans cette position. Elle leva la tête vers lui :

— Bonjour, Mack.

Puis elle hocha la tête et il la tira en position debout. Elle fit la grimace.

— Tu veux bien me frotter le dos ? Chasse ces frissons jusqu'en Chine.

Il la soutint avec son avant-bras en travers de la poitrine et lui massa le dos de haut en bas avec son poing. Elle frissonna, puis elle se laissa aller et vint se nicher dans le creux de son bras. Il l'entendit étouffer un sanglot. Sa main se crispa sur la manche de Mack, puis elle se ressaisit :

— Bon. Il fait froid. Qu'est-ce qu'on fait ? (Elle sortit à nouveau son téléphone.) Pas de réseau, ici.

— Essaie de t'appuyer dessus, dit-il en montrant sa jambe.

— Il va falloir que j'y arrive, pas question qu'on reste ici. C'était un bon endroit, mais on en a tiré le maximum.

— OK, alors. Allons à Valentine.

Elle balança ses hanches à droite, puis à gauche, et leva un genou après l'autre.

— Je ne peux pas courir. Mais je peux marcher.

Elle se pencha en avant et se mit en route d'un pas irrégulier. Mack prit ses repères et partit vers l'ouest, descendant à travers le sous-bois détrempé qui les rinça en moins d'une minute. Il leur fraya un chemin le long d'une grande courbe qui finit par croiser la piste de Upper Divide bien en dessous de l'endroit où ils l'avaient quittée la veille. Pas la moindre trace dans la boue, mais Mack progressait lentement et inspectait attentivement les alentours. Ils grelottaient tous les deux. Il s'arrêta et trouva pour Vonnie un petit endroit sec baigné de soleil.

— Attends ici une seconde, lui dit-il. Je monte vérifier quelque chose.

Mack l'aida à s'asseoir. Il monta à côté de la piste dans les hautes herbes pour ne pas laisser d'empreintes. À quatre cents mètres au-dessus se trouvait sa canne, à l'endroit où il l'avait lancée, et pas la moindre trace. Canby et son pote n'étaient même pas venus jusque-là. Il ouvrit le BlackBerry et il vit une lumière bleue. Bon Dieu. Il n'arrivait pas à allumer l'écran, mais le point bleu clignotait dans le coin chaque seconde.

Il rejoignit Vonnie et, quand elle vit sa canne à pêche, elle dit :

— Bien. Ils ne nous ont pas suivis.

— Pas sur cette piste, en tout cas.

— Est-ce qu'il y en a une autre au-dessus ?

— Une plus haut et une plus bas. Partons.

Vonnie découvrit que sa jambe se réchauffait en marchant ; ça allait mieux quand elle bougeait.

— Ça fait combien de temps qu'ils braconnent ? demanda-t-elle à Mack.

— Depuis le début de l'été, on dirait.

— Quand je pense que tu leur as dit : "On pêche, c'est tout."

— C'était foireux. (Il ajouta immédiatement :) Non, excuse-moi, c'était carrément nul. Je n'ai rien trouvé d'autre, sur le coup. Je n'ai aucun souvenir de ce que j'ai dit.

— Tu es un menteur épouvantable.

— C'est vrai. C'est pour ça que j'ai arrêté.

— En tout cas, tu as bien dit : "Vas-y."

— Ça a marché pour moi dans le passé. Et puis merde, Vonnie. (Il la prit par le bras, s'arrêtant tout près d'elle.) J'aurais dû leur dire que c'était notre dernière randonnée, que je ne voulais pas qu'ils la gâchent, d'une façon ou d'une autre, que je voulais qu'ils cessent de braconner les cerfs et qu'ils trouvent un boulot qui a du sens. Comme moi je vais le faire.

Mack était étonné de pouvoir plaisanter.

Vonnie prit en boitant la tête le long de la piste menant à la vallée principale, puis sur le pont de bois au-dessus de la Wind. Le soleil était visible et plus chaud, mais la lumière avait changé, s'était inclinée, et on aurait dit qu'on était bien plus tard dans l'année que deux jours auparavant.

— Tu as besoin de t'arrêter ?

— Non, buvons un peu d'eau et remontons au camp mettre des chaussettes sèches avant de nous tirer d'ici pour de bon.

Mack n'aimait pas qu'ils soient dans le pré, à découvert, mais tout autre chemin leur aurait coûté une heure de plus et les aurait trempés à nouveau. Ils franchirent la rivière et entrèrent une nouvelle fois dans la forêt d'un pas lent et régulier, réchauffés par l'effort.

— Tu connaissais l'autre type ? demanda-t-elle.

— Je l'ai peut-être déjà croisé, mais je n'en suis pas certain. Peut-être que je l'ai vu dans le journal au sujet de ce grand labo clandestin de meth à Rawlins, ou un truc du genre. Je crois que je l'ai croisé à un moment où j'étais défoncé. Je ne sais pas, c'était peut-être lui, le cuistot. Bon sang, si ça se trouve, j'ai travaillé pour lui.

Replonger ainsi dans ses ténèbres épuisait Mack, mais cela le stimulait ; il avait fait des choses dont il n'avait qu'un souvenir brumeux. Cela lui coupait le souffle.

— Comment as-tu fait pour arrêter de boire ? demanda-t-elle.

— D'un coup, et pour toujours. Je ne plaisante pas avec ça.

— Leurs fusils n'étaient pas neufs.

— Effectivement, mais ce matin nous sommes dans leurs pensées, très chère, et c'est le genre d'attention auquel je ne tiens pas du tout.

Ils grimpèrent les derniers échelons sur la piste étroite et tournèrent au-dessus de Valentine.

Leur campement était saccagé. La géométrie de l'endroit était détruite et il leur fallut un moment pour apprivoiser la scène. Saccagé. Des empreintes de pas dans tous les sens, les ustensiles de cuisine éparpillés à coups de pied dans les rochers et le sous-bois. La tente avait disparu, ainsi que leurs sacs à dos. Vonnie saisit le bras de Mack et l'empêcha d'avancer pour qu'ils n'approchent pas de trop près. Ils tournèrent et descendirent d'une centaine de pas. Il s'arrêta et fit un signe de tête vers la gauche. Elle le suivit à travers les pins et les blocs de grès jusqu'à ce qu'ils émergent au bord de l'à-pic, au-dessus de leur campement. Mack examina le ciel.

— Je serais content de voir la fumée du feu de ces gamins, maintenant.

Ils s'accroupirent au soleil et attendirent vingt minutes, sans parler. Valentine Lake changea : d'un bleu ciel ténu, il devint d'un gris plat, puis vira au vert sous le soleil. Ils se mirent debout et rejoignirent leur campement.

— Ils ont laissé la corde à linge, dit Mack.

Il ramassait les casseroles, les tasses, les fourchettes, et trouva leur petit sac de crackers, de fromage et de bonbons.

— Regarde, fit Vonnie en pointant un index.

Les deux sacs de couchage étaient accrochés aux rochers en contrebas et il pouvait voir sa tente dans le lac, sur une saillie rocheuse à deux mètres de profondeur.

— J'ai mon couteau et mes allumettes, dit-il.

— Où sont tes clés de voiture ?

— Sur le pneu arrière droit, comme d'habitude.

— Comme les miennes. J'ai mon couteau.

— Et tes mouches.

Elle avait enlevé son gilet de pêche et elle l'étala sur un petit pin pour le faire sécher.

— Il faut qu'on s'en aille, dit-elle. Tu veux qu'on récupère les sacs de couchage ?

— Je ne sais pas. Je suis un peu perplexe.

Il s'assit sur la pierre chaude et se prit la tête à deux mains. Il sentait que ça grinçait dans son crâne, la lassitude.

— Tu as l'air bizarre, dit-elle.

— *Tu* as l'air bizarre.

Mais il le dit tout doucement, sans lever les yeux.

Puis il s'allongea, son bras lourd replié sur les yeux.

— Tu es trempé, dit-elle.

— *Tu* es trempée.

Vonnie descendit jusqu'au lac en s'asseyant sur un rocher après l'autre. Elle remonta un des sacs de couchage et se tint debout au-dessus de lui.

— On ne peut pas rester ici, dit-il.

— Alors, debout, M'sieur. Allons à côté du lac, hors de vue. Ils ne reviendront pas et, si par hasard ils reviennent, ils ne nous verront pas. On va tout laisser, les affaires, la tente et l'autre sac. Emporte la nourriture. Laisse les casseroles. (Elle lui donna un coup de pied dans la chaussure.) Allez. (Elle leva un doigt menaçant.) Laisse ta chère corde à linge et amène-toi.

Ils trouvèrent un endroit à deux cents mètres de là, un espace dégagé dans les rochers. Vonnie défit la fermeture Éclair du sac et l'étala sur la terre sèche, au soleil.

— Ouais, dit-elle, tu as l'air bizarre. Tu es tout bleu.

— *Tu* es toute bleue.

— J'ai une crampe dans le dos.

— C'est le froid de la nuit dernière.

Il sentait la pression dans sa tête, la fièvre, ses pulsations, son acharnement à se concentrer derrière ses yeux.

— Donne-moi ce pantalon trempé, dit-elle.

Elle s'assit et enleva ses chaussures ; elle défit les lacets puis les posa sur le grès chaud, bien ouvertes, puis elle fit de même avec celles de Mack et accrocha ses chaussettes mouillées sur une branche.

— C'est mieux, dit-il.

Elle tira sur ses jambes de pantalon jusqu'à ce qu'il parvienne à s'extraire du jean gorgé d'eau ; il avait la chair de poule partout sur les jambes.

— Rentre là-dedans, dit-elle.

Il se glissa dans le sac de couchage, elle le recouvrit jusqu'à la tête et tira la fermeture Éclair.

— Donne-moi ta chemise et tes sous-vêtements.

Ses yeux étaient déjà fermés, mais il obéit.

— Tu veux une pomme ? demanda-t-elle en mordant dans un fruit.

Elle s'assit dos à un tronc, les jambes allongées sous le maigre soleil.

— Non.

— Tu veux une histoire ? dit-elle, mais le sommeil fut sa seule réponse.

Rien de ce qu'il avait fait ne lui avait rapporté d'argent. La librairie avait été une entreprise ridicule ; ils vendaient plus de cartes de vœux que de livres, et puis même ça s'était tari et il avait fini par fermer le magasin et trimbaler des cartons de livres jusqu'à la maison de repos Western Horizons, au sud de la ville. Ensuite, ses activités de consultant en informatique avaient commencé à rapporter, ou du moins il avait essayé de les booster, et elles eurent l'air de bien marcher jusqu'à ce que les dépenses engagées pour le lancement révèlent la vérité. Puis il avança d'un mois à l'autre et le prêt ne fut plus remboursé. Il aimait le boulot avec les ordinateurs une partie du temps, mais seulement une partie. Il voulait de tout son cœur sauver le ranch, et il savait qu'il lui fallait avoir plus de cran et rouvrir la maison d'hôtes. Il ne voulait pas élever du bétail, quelle qu'en soit la couleur. Il pouvait cultiver, mais il n'était pas très bon. Il aurait préféré passer l'hiver à réparer les équipements – et c'était ce qu'il avait fait – plutôt que de conduire un tracteur, ne serait-ce qu'une semaine par beau temps. Il y avait des moments où il se trouvait idiot, un imposteur, un type attaché au ranch sans véritable raison. Pour finir, il décida que peu importait la raison, il voulait garder l'endroit où il avait grandi. Il vit la ville changer, changer encore, et ça ne s'arrêterait jamais ; il y aurait un jour des trottoirs et des caniveaux jusqu'à Dubois. Mais la maison, c'était la maison, se disait-il, et elle valait la peine qu'on se batte pour elle. Quand Yarnell était apparu, il était sur le point de commencer une formation de secouriste pour devenir ambulancier pour le comté ; la situation générale empirait, ainsi que les coups et les blessures – et il avait sa part dans cette dégradation –, mais il avait retrouvé assez de ses esprits pour savoir qu'il était bon dans l'urgence. S'il avait été capable de garder Vonnie, cette période aurait été bonne.

Il s'éveilla comme cuit dans une chaleur sèche, merveilleuse, le visage enfoui dans la bordure vert foncé du sac de couchage de Vonnie sur lequel il avait un peu bavé. Il y eut une détonation au loin, la carabine, et une seconde plus tard, l'écho déformé et creux retentit contre la montagne. Il déglutit et se retourna sur le dos, ses voûtes plantaires s'étirant plus qu'il ne l'avait prévu. Le soleil était comme une étoile d'argent dans ses yeux. Sa tête bourdonnait moins fort. Parfois, il suffisait de se réchauffer pour aller mieux. Il s'assit et se retrouva seul, l'air courant sur sa poitrine nue, le ciel d'un bleu hivernal, dense et grave.

— Vonnie.

De l'autre côté de Valentine Lake, la montagne avait cédé sa dernière ombre de la matinée et se dressait comme un immense amphithéâtre, un million de sièges gris, la cascade descendant en un murmure étouffé et fantomatique. La montagne était grandiose ici, si colossale qu'un homme ne pouvait l'appréhender, sauf à se laisser dominer, inscrire dans la réalité et le temps, le silence et l'humilité, à la manière dont une prière pouvait vous toucher au cœur, pas toujours, parfois seulement. La voûte d'air entre l'homme et la montagne interpellait Mack, mais il ne savait pas dans quel but – cette impression familière qu'il allait bientôt se passer quelque chose.

— Vonnie, dit-il à nouveau.

Sa chemise en baptiste bleu clair était posée sur le rocher, sèche à l'endroit où le soleil avait pointé ses rayons, comme ses sous-vêtements. Il se mit debout, trouva ses chaussettes et ses chaussures. Il avança jusqu'au bord du cercle de pierre ensoleillé. Vonnie était installée les jambes croisées, à l'abri du vent, en dessous de lui.

— Il était à quelle distance, ce coup de feu ?

— Difficile à dire, moins de deux kilomètres, par là un peu plus haut, dit-il.

— Bien. (Elle leva les yeux.) Tu es en cheville avec Yarnell.

— Donne-moi mon pantalon. Je ne suis en cheville avec personne.

Elle jeta le jean dans sa direction et il l'enfila.

— Tu mens.

Elle secoua la tête. Elle brandissait le BlackBerry.

— C'est quoi, ça ?

Mack s'assit, secoua ses chaussettes et les enfila lentement avant de mettre ses chaussures, finissant par un double nœud.

— Tu sais que c'est un putain d'escroc.

— Je ne sais pas. Je sais juste qu'il est visqueux.

— Visqueux ? Il est ce qu'il y a de plus proche d'un mercenaire de tous les gens qu'on a jamais rencontrés. Kent est au courant de tout son petit trafic avec son armée d'avions à louer.

— Forcément, ils étaient associés.

— Il y a longtemps. Bon Dieu, Mack ! Qu'est-ce qu'on fout ici, putain ? Moi, je m'occupe de ta sieste et toi, tu es embarqué dans une putain de chasse au trésor. Est-ce que tu voulais même que je vienne vraiment ?

— Vonnie…

— Je t'emmerde, espèce de minable. Je t'emmerde, plutôt deux fois qu'une.

Elle fit un mouvement du bras en arrière et jeta le BlackBerry, qui tomba dans le lac à trois mètres du bord.

— Vonnie.

Elle se tourna vers lui.

— Non, je t'emmerde. Pourquoi je me donne la peine de te le dire ? Bonne chance, putain de patriote.

Il vit qu'elle avait garni son gilet de pêche avec une partie des provisions, des barres de céréales, une pomme.

— Je m'en vais, Mack. Si tu me croises au bureau de poste, pas la peine de me dire bonjour.

— Vonnie, ne fais pas ça.

— Mon téléphone est mort. Ces types étaient à un petit kilomètre de Clark, c'est ça ?

— Oui, plein ouest de Clark, dans les bois.

— J'appellerai de Crowheart. Ne me suis pas. Je rentre. Garde le sac de couchage, je n'en veux plus. J'ai juste attendu une heure pour t'entendre mentir à nouveau.

Vonnie ramassa sa canne à pêche. Elle commença à descendre dans les rochers, mais se ravisa – sa jambe blessée – et se retourna pour passer à côté de lui et suivre la piste.

— Comment va ta jambe ? demanda-t-il.

Elle s'enfonça entre les arbres et disparut.

Il se ressaisit. Il savait ce qu'il devait faire. Il retourna rapidement au campement, récupéra ce qu'il pouvait de matériel, cacha les ustensiles de cuisine entre deux gros rochers et suspendit sa vieille cafetière à une branche du troisième arbre en partant du camp. Il roula le sac de couchage de Vonnie, l'attacha bien serré et le coinça très haut dans le quatrième arbre. Il jeta un coup d'œil vers sa tente, mais il n'y avait pas moyen de la récupérer. Il descendit jusqu'à Valentine Lake et pataugea jusqu'à l'endroit où il voyait son BlackBerry dans les profondeurs limpides. Il coupa le bas de ligne de sa soie, y accrocha un émerillon et y attacha le plus gros hameçon triple qu'il avait, avec un plomb. Il fit cinq essais, jusqu'à ce qu'il touche l'appareil. Quand il remonta enfin sa ligne pour la dernière fois, il avait mesuré la profondeur. Cinq mètres. Il se déshabilla, plia ses vêtements et les posa sur une pierre haute et sèche de la taille d'un bureau, à proximité de la rive. Dans le rideau ondoyant des rayons du soleil, on aurait dit que le BlackBerry se trouvait à un mètre de profondeur. Il prit une inspiration et se glissa dans l'eau ; elle était si froide qu'il eut l'impression d'être broyé. Mack n'avait jamais été bon nageur. Il descendit, les pieds d'abord, ses oreilles lui faisaient mal mais il continua ; il toucha l'objet avec un pied, le coinça avec l'autre jusqu'à ce qu'il parvienne à se pencher, un nouveau claquement dans ses oreilles, et à l'attraper dans sa main. Il souffla, remonta et cracha sur les rochers. L'air vif brûlait sa peau et sa tête était pleine d'eau. Il secoua le BlackBerry avant de le poser en plein soleil et sautilla d'un pied sur l'autre. Il savait que le téléphone était waterproof, mais il n'était pas certain qu'il résiste à cinq mètres dans un lac à plus de 3 500 mètres d'altitude.

— Encore froid, dit-il. Encore mouillé.

Il agita les bras et essaya de se sécher les jambes avec les mains, haletant, et finit par rester immobile, dos au soleil, les bras appuyés sur la dalle de pierre comme s'il s'apprêtait à délivrer un sermon, nu, aux immenses éboulis de grès tandis que des frissons lui parcouraient l'échine. *Je ne suis pas un homme admirable. Qu'est-ce que je fabrique avec un hameçon triple, pour commencer ? Et ce n'est que le début.*

Il se rhabilla avant d'être sec, puis il remonta. Le BlackBerry s'alluma et il lut : 39° O. Le message datait d'une demi-heure. Le point bleu clignotait toujours. L'engin recevait sous l'eau. Il prit ses mesures, tendit la main vers l'ouest, à 39 degrés. Il pourrait y être en deux heures, jeter un œil, puis faire demi-tour et, sans sac sur le dos, il pourrait marcher d'un bon pas, léger et rapide, et atteindre les voitures avant 21 heures. Il s'agissait du ranch – il avait cette chance unique. S'il se dépêchait, il pourrait la rattraper. Ou il pouvait prendre un raccourci dès maintenant et la rattraper avant qu'elle ne quitte la vallée et dire à Yarnell qu'il avait cherché, en vain.

— C'est parti, dit-il, et il prit la direction de l'ouest, avançant d'un bon pas vers la haute montagne.

Tout le temps, il resta sous les arbres quand c'était possible en cherchant des yeux une colonne de fumée. Il aurait voulu voir le feu des étudiants, mais le ciel était immaculé. La température monta jusqu'à environ 10 °C et, quand il arriva au premier contrefort de Gannett Peak, il transpirait. Il ne l'avait jamais grimpé mais il en connaissait la topographie : deux épaulements puis un col du côté sud. Il détestait l'idée de descendre le premier flanc pour remonter sur l'autre versant, mais la ligne de crête n'allait pas jusqu'à sa destination. Il était dans les temps.

À 14 heures, il fut surpris par une ombre et recula pour voir un hibou d'un mètre vingt d'envergure qui planait, immobile, à la recherche de pikas au bord du talus sur lequel Mack était en train de grimper. Il s'immobilisa et scruta les rochers, un milliard de tonnes de pierres. Si un objet était tombé ici, il s'était cassé. Une aiguille dans une satanée de botte de foin. Il avait une demi-heure devant lui avant de devoir absolument repartir. Il but ce qui restait dans sa gourde. Il inspecta les lieux avant d'avancer de quatre cents mètres vers l'ouest pour avoir une vue avec le soleil dans le dos. Il y avait du mica partout et le défilé des bandes d'éclats scintillants l'éblouissait tandis qu'il marchait. Il devait regarder ses pieds sans arrêt, mais le terrain était facile et il progressait vite. Quand il atteignit le sommet du contrefort, il eut confirmation de ce qu'il savait déjà : il n'était pas au point le plus haut, il lui restait encore un horizon à franchir. Il partit vers celui-là, et il y en avait un autre. La courbure de la planète. C'était là un monde remarquablement brillant, gris, argenté et blanc, sans cairns ; il était loin de tout chemin jamais emprunté. L'air qui lui soufflait dans le cou était froid et le soleil sur son visage était chaud. S'il s'arrêtait, il grelottait, et il poursuivit en transpirant son ascension de la plate-forme rocheuse.

Il était aussi loin des routes qu'on pouvait l'être dans ce pays, et il avait la sensation primitive et rare d'être la première personne à marcher ici et, quelques minutes plus tard, à marcher ailleurs. Depuis le début du temps. Ce plateau rocheux incliné était nu et indifférent ; parfois, certains endroits révélaient leur indifférence. Ils étaient là depuis une éternité et y resteraient. Les rochers se fichaient de ce qui arrivait à l'homme, ils s'en fichaient il y a mille ans et ils s'en ficheraient dans mille milliers d'années. Partout autour de lui, il voyait des rochers qui s'en fichaient et s'en ficheraient toujours. C'était exaltant, Mack savait qu'il était en plein mélodrame. Le soleil ici n'avait pas d'âge et il était lui aussi indifférent. Mack sourit.

Il fallait qu'il se dépêche. Vonnie descendait la piste aussi vite qu'elle pouvait. Il avait la certitude qu'elle s'arrêterait pour voir Clay ; ils passaient toujours le voir au retour. En se dépêchant, il pouvait encore arriver à la rattraper. Et ensuite ? Il ne pouvait pas provoquer les événements. À ce point, soit il avait réussi à la convaincre, soit il avait échoué. L'espoir refusait de mourir, mais il devenait parfois vraiment ténu.

Il pensait à ce qu'il allait dire à Yarnell. *J'ai parcouru tout le contrefort et la lumière était bonne, et il n'y avait rien, ni vers l'est ni vers l'ouest. J'ai avancé d'un bon kilomètre, jusqu'à ce que je voie les vallées à l'ouest. Personne ne va trouver votre détonateur. Il est perdu. Vous me montrez l'argent ? J'ai traversé en courant la dernière pente sous le soleil d'hiver ; c'est un chemin sans retour.*

— Ce truc est perdu, dit-il à voix haute.

Mack accéléra son pas bondissant et courut en petites foulées dans le grand jour. Trois, quatre, cinq minutes pour ralentir sur les éboulis et s'arrêter, les mains sur les genoux, la respiration forte, tandis que le sang lui battait les tempes. Il regarda derrière lui et vit les flancs couverts de forêt dense d'une des vallées, et en dessous, Upper Divide. Il était déjà venu là, hier soir. Ou était-ce tôt ce matin ? *Ligne de mire*, pensa-t-il. C'est là que son BlackBerry avait commencé à émettre. L'eau vibrait dans ses oreilles et il se tapa la tête, se penchant d'un côté puis de l'autre, pour s'en débarrasser. Il avait mal. Et alors l'engin dans sa poche se mit à vibrer et il sursauta comme s'il avait reçu un électrochoc. Le tenant dans sa main, il vit la lumière bleue clignotante.

Il était là.

Mack s'immobilisa et scruta la montagne rocheuse. On aurait dit une page vierge froissée. Puis il vit quelque chose sur l'imposante pente qui scintillait. Il se redressa, croisa les bras et plissa les yeux, son cœur battant toujours la chamade. Là, regardant vers l'est, où les reflets étaient atténués, il vit une éclaboussure de suie trois cents mètres plus haut, comme si quelqu'un avait gratté une gigantesque allumette. Il scruta la montagne à nouveau et c'était toujours aussi étrange, alors il se mit à marcher, lentement cette fois, chaque pas lui brûlant les genoux. Bien au-dessous des marques noires, il y avait des tessons de verre et des petits tortillons de fil de fer. Le truc avait explosé. Il en ramassa une poignée et la fourra dans un petit sac. Les taches noires avaient durci comme du goudron, et sur le bord supérieur il trouva le point d'impact ; dans la crevasse rocheuse se trouvaient de grosses esquilles chromées. Il se coucha sur les rochers et entendit la montagne gargouiller là où coulait l'eau souterraine. Le débit était constant ici. Il plongea la main, attrapa les pétales d'acier et les posa sur le rocher à côté de lui. Le spectacle le rendait perplexe ; l'immense traînée noire, et seulement ces débris ? Il se remit debout sur l'étrange dalle rocheuse inclinée.

Cela s'était produit tant de fois lorsqu'il était ainsi seul dans la nature sauvage : les yeux de Mack voyaient des traits humains ou des dessins compliqués apparaître à partir d'un mur tortueux d'arbres morts, ou des scènes urbaines ou des maisons à partir d'une paroi de granit gris ardoise, et maintenant, il scrutait le bord du plateau et la vingtaine de pins nains serrés les uns contre les autres à l'abri d'un surplomb rocheux, protégeant jalousement la neige cachée à leurs pieds, et il vit le plateau argenté d'un aileron. Il se découpait parfaitement dans le jour jaune, mais son contour ne se fondait pas dans la roche, il s'évasait dans un écorché de fuselage si étrange et si sinistre que Mack fit un pas en arrière et posa ses mains sur ses genoux, fixant pendant cinq secondes ses chaussures de marche, avant de relever les yeux sur l'étrange scène.

Mack monta rapidement jusqu'au site et posa sa main sur l'aileron en aluminium. À son contact toute sa confusion s'évanouit. Sans comprendre pourquoi, au moment où il le toucha de sa main, il cria “Ohé !” Et il sut tout de suite que la situation était pire qu'il ne l'avait imaginée. Il n'y avait pas eu de feu. L'engin argenté était calé dans l'anfractuosité de rocher, entre les arbres, sur la corniche qu'avait laissée la première neige de la saison, comme s'il s'était posé là. Il était beaucoup plus grand que Mack ne l'avait supposé, et il vit deux choses en même temps : l'unique aileron triangulaire était fait d'un matériau ultraléger et comportait une sorte d'affichage en cristaux liquides. Il y appuya son doigt et la substance plus pâle se mit à saigner. C'étaient des sortes d'écrans. Voici donc l'avion ultraléger invisible. Le fuselage était composé d'une armature de poutrelles. Mack se hissa vers le nez, sachant ce qu'il allait trouver dans le minuscule cockpit. Pour une raison inconnue, l'avion avait calé et s'était écrasé sur la montagne, son ventre était défoncé. Il n'y avait pas de verrière, et le pilote, portant toujours son masque à oxygène, avait été projeté vers l'avant. Mack put aisément appuyer ses doigts contre sa nuque, il ne sentit pas de pouls, seulement de la chair glacée. C'était Chester Hance. Mack n'eut même pas besoin de regarder une seconde fois.

Il s'assit sur les rochers et s'appuya contre l'avion, le souffle court. Non. Il se prit la tête à deux mains et dit : "Oh non." C'était ça, le secret de Yarnell. Il avait tué quelqu'un avec un avion et, maintenant, il voulait récupérer l'avion. Mack les aiderait à retrouver son ami, et il en parlerait ensuite à tout le monde. Il sentait l'événement s'installer pesamment dans son estomac, comme un tas de briques. Il sortit le GPS BlackBerry de sa poche et vérifia qu'il était allumé. Il le glissa dans le cockpit et vit que le tableau de bord était brisé en deux morceaux de la taille de deux paquets de cartes ; il les prit et les fourra dans son sac à dos. Des preuves. Il posa sa main sur l'épaule du pilote puis la retira.

Son père lui avait appris à ne pas transformer deux soucis en trois par la précipitation, mais Mack se redressa et descendit d'un bon pas la piste d'atterrissage improvisée en prenant garde aux endroits où il mettait les pieds, puis il dit :

“Ne cours pas”, avant de se mettre à courir tout en se disant que tout allait bien, qu’il était en descente, que le terrain était ouvert et facile. Il avait mal aux cuisses à force de contrôler sa vitesse et il ne savait plus s’il courait ou s’il essayait simplement de s’arrêter. Allonger le pas. Ses oreilles bourdonnaient, et malgré le vacarme il entendit un bruit plus puissant que celui de ses propres tympans, un gargouillis qui s’amplifiait comme si quelque chose descendait la pente vers lui, une boule creuse rebondissant de plus en plus fort. Il s’arrêta avec ses deux bras contre le premier arbre du bosquet qui bordait le massif de granit, et il resta immobile, incapable d’identifier le son, qui devint un vibrato sonore, puis le fracas caractéristique d’un hélicoptère.

Mack recula dans l’ombre et vit une sphère de verre monter au-dessus de l’horizon rocheux dans la lumière blanche du soleil, et il sut instantanément que c’était l’hélicoptère qu’il avait vu chez Yarnell. Un petit deux-places de verre. L’appareil monta juste au-dessus de la corniche ouest et se tourna vers l’amont d’un mouvement parfait. Pendant une minute, Mack se réjouit de le voir, et il se dit que ses ennuis étaient terminés. Il pourrait arriver chez Clay, en bas, en quinze minutes. Un hélicoptère sans marque distinctive, à faible altitude, plus rapide maintenant, en plein soleil. Il se dit à nouveau qu’il aurait aimé avoir les jumelles de Vonnie mais, même sans elles, il reconnut Yarnell à la place du copilote, sans le moindre doute : il portait à nouveau sa belle chemise à carreaux roses. Voilà le problème avec ces chemises roses à carreaux ultra-chics ; on s’en souvenait facilement. Mack vit que Yarnell avait un fusil posé sur les genoux. Le petit engin décrivit une grande boucle pour évaluer la pente rocheuse, puis il s’immobilisa au-dessus de la trace de suie, comme s’ils étaient déjà venus avant. Le miracle du GPS. Mack y vit plus clair : ils avaient reçu le signal des heures auparavant, avaient foncé jusqu'ici et l'avaient manqué d'une minute. Mack s'était maintenant caché plus profondément dans le taillis. Il espérait qu'ils ne pourraient pas atterrir là-haut, qu'il leur faudrait trouver un endroit plat puis monter à pied, parce qu'il avait besoin de temps pour s'enfuir, mais il vit l'hélicoptère poser un patin sur le sol et stationner là. Au bout d'un moment, Yarnell sortit une jambe et s'apprêta à descendre.

Mack se plia en deux dans le taillis et avança dans les sous-bois, ne s'arrêtant qu'au premier arbre au feuillage touffu. Il voulait s'assurer qu'il ne se cachait pas comme un cheval – c'était une expression de son père. Quand ils ont la tête dans les broussailles, les chevaux pensent qu'ils sont cachés. Et étrangement, comme ils ne bougent pas, ils sont difficiles à voir, en particulier au crépuscule. Il tenta de calmer sa respiration et tendit l'oreille pendant que l'hélicoptère planait. Yarnell allait trouver le BlackBerry et il comprendrait qu'il arrivait trop tard.

Puis ils se lanceraient à sa recherche.

Mack allait devoir attendre. Il ne pouvait pas traverser en terrain découvert tant qu'ils étaient là. Il regarda sa montre : midi et demi. *Tu savais qu'il allait faire ça*, se dit-il, *et tu as quand même laissé le BlackBerry*. Il sortit de son sac son trésor, les débris de l'engin de Yarnell, les glissa dans deux sachets plastiques et les rangea, bien fermés, dans la poche de côté de son sac à dos.

Les moteurs de l'appareil tournèrent régulièrement pendant cinq ou six minutes, puis Mack les entendit vrombir et les harmoniques se modifièrent. Il leva les yeux vers le ciel ; le bruit s'éloignait de plus en plus et il espéra sa disparition totale, puis il fut saisi de terreur en l'entendant revenir.

L'hélicoptère passa juste au-dessus de sa tête ; Mack éprouvait le besoin de courir, maintenant, mais il se força à ne pas bouger. L'appareil décrivit un nouveau cercle au-dessus de son taillis, et Mack ne bougea pas. Il était certainement invisible, caché dans un creux profond, dans le tronc du vieux pin. L'hélicoptère était si près, si bruyant. Yarnell essayait de le faire sortir en lui faisant peur. “Ils ne peuvent pas te voir”, murmura-t-il. Collé contre le tronc dans l'espace minuscule, Mack installa son sac sur ses genoux et en inspecta le contenu. Il y avait un poncho léger ; dans la poche, il trouva un paquet de grains de café enrobés de chocolat vieux d'un an, intact. Il les mangea un par un tandis que l'hélicoptère survolait la vallée dans un sens, puis dans l'autre. Deux fois le son s'évanouit avant de réapparaître. Puis il disparut. Mack se redressa et tendit l'oreille : rien. L'air qui caressait la paroi rocheuse chauffée par le soleil produisait un bourdonnement blanc qui était lui aussi indifférent à sa vie. Vonnie. Elle ne quitterait pas la piste. Il allait couper par la montagne à toute allure et à moins d'un désastre, il arriverait à la tente de Clay une demi-heure avant elle. *C'est parti.*

Mack se fraya un chemin loin de la piste, à travers la dense forêt de grands arbres pour parvenir à l'orée inférieure. Il avait envie de courir maintenant, de courir et de rattraper Vonnie, de lui raconter toute l'histoire, et il était en train de grimper par-dessus le dernier arbre mort tombé, sur le point d'arriver dans la lumière du jour, lorsqu'il entendit un son, une voix, Yarnell en train de crier. L'appareil était arrêté, posé sur un replat rocheux au sommet de la montagne à cent cinquante mètres de lui.

— On sait où tu es, Mack.

Vous ne savez pas où je suis. Vous croyez que je suis déjà en train de descendre. Mack roula sur le côté pour regarder sa montre ; il savait que Yarnell ne pouvait pas rester à attendre ainsi, et il avait raison.

— Mack, reprit le vieil homme, nous n'en avons pas fini.

Mack savait que c'était vrai. Allongé là, immobile, il se demanda pourquoi ne pas se lever, y aller, laisser tomber. Yarnell n'allait pas l'abattre. *Lève-toi et va discuter. Fais-toi ramener au départ de la piste dans l'hélicoptère.* Puis il se souvint de la manière qu'avait son père de négocier la relation avec des hommes comme Yarnell quand il avait affaire à eux au ranch. Qu'il devait parfois faire des détours pour parvenir à les avoir en face de lui. C'était à cela que Mack repérait la colère chez son père ; quelque chose résonna en lui, et il se dit : *Ne bouge pas.*

— Écoute. Tu ne comprends pas, cria Yarnell. Tu n'arriveras pas à descendre.

Attends, contente-toi d'attendre. Au bout de quatre minutes, il entendit l'hélicoptère démarrer dans un grincement et s'élever au-dessus de la bande d'arbres de quatre acres qui recouvrait le col. Mack resta couché sous le tronc, sous les fougères, sous les frondaisons, et il pensa que Yarnell allait peut-être tirer au hasard, mais il ne tira pas et l'hélicoptère fit trois passages, tous à très basse altitude, et pas un près de lui, le long de la pente, puis il s'éleva, luttant pour gagner de l'altitude, et quitta les montagnes vers l'ouest.

Mack se remit debout, puis se rassit par terre, sentant les battements dans ses tempes. L'adrénaline lui permit de franchir le passage rocheux à découvert et il rentra à nouveau dans la forêt.

Comme il aimait ces montagnes, ces bois. Il s'arrêtait toutes les dix minutes et tendait l'oreille, la respiration sifflante, mais il n'y avait plus d'hélicoptère. Il se parlait à lui-même.

— Un hélicoptère. Quelles conneries ! Ce n'est pas dans le livre. L'hélicoptère de verre n'est pas dans le livre. Tu n'es pas dans le livre.

Il ne laissa pas son esprit retourner à Chester. Il fallait qu'il redescende.

Il resta à distance de la piste, montant sur une ligne parallèle, puis il descendit avec précaution en comptant les virages ; il y en eut douze avant qu'il ne retrouve les longues ombres du grand pré, et il traversa le pont sur la Wind et courut presque jusqu'au campement de Valentine Lake. De là, il inspecta la haute vallée sauvage : pas la moindre fumée. Il détacha sa corde à linge et enroula les quinze mètres de nylon, qu'il glissa dans son sac. Le sac de couchage et la cafetière étaient toujours perchés dans les arbres.

— À très bientôt, dit-il.

Dans le lac, il vit deux formes passer au-dessus de sa vieille tente, des truites dans le jour finissant. Puis il arriva à la piste principale qui contournait Valentine par l'autre côté, le chemin difficile. Il était rocailleux et montait raide, mais il était plus court – s'il avait la force de l'emprunter. Il escalada le contrefort sud de la montagne nue, un escalier à trente degrés, marchant sur son ombre à chaque pas, la chemise collée à son dos sous son sac. Il contourna la montagne et franchit aisément la vallée supérieure, se faufilant par moments sous les trembles dans les hauteurs, son ombre longue, puis plus longue. Il leva les yeux et s'adressa à la nuit :

— Ne tombe pas. Attends encore un peu.

Des cerfs étaient rassemblés dans deux prairies, trente dans une seule harde, parfaitement immobiles et le suivant des yeux. Quand il atteignit la crête et vit la pente est, le soleil avait disparu. Il y avait ici une bonne piste de gibier qui suivait l'escarpement au-dessus de Jamboree, un torrent dont on disait qu'il coulait jusqu'à Lander. À certains endroits, le vieux sentier n'était qu'à trente centimètres du bord de la falaise, soixante mètres au-dessus du torrent sinueux qu'il ne pouvait pas entendre. Plusieurs fois, alors qu'il prenait garde à ses pas, il percuta des arbres sous les branches desquels les cerfs étaient passés et il lui fallut les contourner. Il faisait plus sombre, mais l'horizon de cent cinquante kilomètres rougeoyait. Vonnie était quelque part en contrebas. Elle avait de l'eau, des sucreries, et elle descendait prudemment, avec sa jambe blessée, le sentier tracé dans les dernières lueurs du jour. Elle marquerait une pause une fois arrivée au départ de la piste et rangerait peut-être sa voiture en l'attendant.

Mack avançait rapidement sur le sentier. Ce chemin le mena sur trois kilomètres, par des mamelons peu élevés, jusqu'à Lost Lake, où ils avaient pêché la deuxième ou la troisième année. Il était parti chercher du bois pour le feu et il était tombé sur un vieux canoë en bois calé contre le flanc de la colline, avec deux pagaies et une corde d'amarrage rangées à l'intérieur. Ils l'avaient mis dans le lac une journée pour qu'il reprenne sa forme et, cette nuit-là, ils avaient pagayé sur les eaux scintillantes et attrapé des poissons.

— Nous sommes les seules personnes à nous être promenées sur les lacs supérieurs des Winds, lui avait-il dit.

— À l'exception du type qui l'a monté ici.

— C'est Hiram, avait répondu Mack. Il ne s'en sert que pour faire de l'exercice.

Maintenant Lost Lake était immobile dans la nuit nouvelle. Il savait où étaient cachées trois bonnes cuillers Mepps dans un arbre creux de l'ancien campement, de l'autre côté. Il était plein de fantômes.

Il suivit le cours d'eau jusqu'à Prairie Lake où, une année, ils étaient tombés sur une femme recroquevillée dans un bivouac alors que son mari pêchait. Vonnie lui avait parlé et avait découvert qu'elle était indisposée et qu'elle se sentait mal. Ils lui avaient administré le médicament de Vonnie : une goutte de Jack Daniel's et un comprimé de caféine. En ce temps-là, Vonnie apportait toujours une demi-pinte de whiskey pour leur café du soir. Prairie était un grand plateau d'argent et la nuit était devenue froide. Au bout du lac, il prit à travers champ et franchit les deux crêtes où, plus tard qu'il ne l'aurait cru, il rejoignit la piste principale. Il adorait le moment où il retrouvait une piste connue. Quand il y arrivait, il avait envie de courir, mais il se retint. *Tu crois que tu vois clair, mais tu ne vois rien. Il fait noir, mon vieux. On ne court pas dans le noir.*

— Tu ne cours pas, un point c'est tout, dit-il à haute voix.

Il marchait vite. Il était un kilomètre et demi au-dessus du grand pré. La prairie la nuit, ce n'était pas une bonne idée. Pas le torrent, qu'il franchit sans encombre, mais sans lune il était difficile de ne pas perdre la piste, et il tomba deux fois. À partir de là, il ralentit, levant haut les pieds au-dessus de la sauge.

Il s'approcha très près de la tente de Clay et cria :

— Ohé ! Le camp !

— Yo ! entendit-il en retour et Clay apparut. Mack, tu es en retard. Je viens de manger, mais viens, je vais ouvrir une autre boîte.

Mack entra dans la chaleur de l'abri. Il régnait une odeur de ragoût en boîte sous la tente, et les deux hommes échangèrent un regard. Mack sentit ses yeux ajuster à la lueur de la lanterne sifflante.

— Où est Vonnie ? dit-il.

— À toi de me le dire, Mack. (Clay le regardait.) Où est-elle ?

Clay essaya de convaincre Mack de rester là, d'attendre, de passer la nuit ici.

— Elle va arriver, dit-il. Elle a une lampe de poche et elle connaît cette piste. Patiente une heure. Elle va arriver.

— C'est possible, mais j'y retourne.

— Où est ton sac ?

Mack parla à Clay des braconniers et situa leur campement pour qu'il puisse transmettre par radio.

— Elle ne risque pas de tomber sur eux s'ils étaient du côté de Upper Divide, affirma Clay.

— Il me faut des chaussettes propres et une chemise, dit Mack. Tu aurais des pastilles de sel ?

— J'ai du Gatorade dans la glacière.

Mack s'assit à la petite table pliante dans la tente des chasseurs de cerfs, il changea de vêtements, but une tasse de café froid et une bouteille de Gatorade bleu, remplit de nouveau la bouteille avec de l'eau. Clay lui donna un petit sac de bivouac en nylon.

— Je ne vais pas en avoir besoin, dit Mack.

— Je sais, c'est pour ça que tu vas le prendre.

Mack fourra le petit tube de toile dans son sac à dos. Il envisagea de parler à Clay de l'hélicoptère, mais non.

— Je vais juste monter les quatre cents mètres jusqu'à Cold Creek, où je vais la trouver en train de se demander comment elle pourrait traverser sans se mouiller les pieds, et on va redescendre et manger le reste de ton ragoût.

— Ça me paraît bien. Tu veux une arme ?

Clay pointa un doigt vers les deux pistolets accrochés dans leur étui entre les casseroles.

— Non, je me blesserais. Mais ma lampe est morte.

Clay prit sa lampe frontale et lui montra comment l'allumer.

— Les piles sont toutes neuves.

— Parfait. Je suis paré.

Mack mit son sac sur son dos et ajusta la lampe sur son front.

— À tout de suite.

— Je ne bouge pas, dit Clay. Fais attention.

La température de la nuit noire était encore descendue de cinq degrés, et quand Mack leva la tête, le faisceau de sa lampe fut englouti dans le vide. Il n'y avait rien entre lui et les quatre milliards d'étoiles à l'exception des vagues incessantes de ténèbres glaciales qui descendaient en continu sur la prairie d'altitude. La lampe éclairait parfaitement la piste, un ovale d'un mètre, et il avança à pas prudents jusqu'à Cold Creek qu'il franchit sur les pierres. Il monta la pente et pénétra de nouveau dans la forêt ; il avait envie de voir Vonnie descendre, ou bien assise sur une souche à se reposer. *Chacun de mes pas correspond à un des siens dans la descente*, se dit-il. *Nous allons bientôt nous croiser.* Il se demanda si elle pouvait déjà être en dessous, en train de démarrer sa voiture, de manœuvrer avant d'attaquer la descente. Il n'y croyait pas, mais si c'était le cas, il entamait une grande marche dans le noir pour rien. Non, elle se serait arrêtée chez Clay.

Il lui fallut deux heures pour atteindre la crête et redescendre dans la haute vallée de montagne. Des blaireaux s'activaient dans la nuit tout au long du chemin ; ils regardaient sa lumière et partaient en se dandinant dans les rochers. Il éteignit sa lampe quand il parvint dans le pré aux saules et il arrivait presque à distinguer le chemin qui était visible à cet endroit, mais lorsqu'il entra dans la forêt, il dut la rallumer.

— Salut, Vonnie, dit-il à haute voix tout en marchant. Où étais-tu ? Salut Vonnie. Il fait nuit et Clay a mis la soupe sur le feu. Vonnie, j'étais peut-être impossible à vivre, mais cela ne change rien au fait que je t'aime et que je voudrais réessayer. Non, pardon, Vonnie, je suis content que tu te sois trouvé un conjoint responsable et plein de ressources, et j'espère qu'il sera gentil avec toi jusqu'à la fin de tes jours. Moi, je ne suis qu'un pauvre type usé. Non, je sais que j'ai tourné le dos à beaucoup de gens, mais tu aurais dû te douter que j'allais revenir te chercher.

Il franchit la petite colline qui redescendait sur la Wind River. Il l'entendait dans la nuit. Il n'avait aucune envie de tomber sur l'élan, mais l'occasion ne se présenta jamais. Soudain, il vit de nombreuses traces sur le chemin, tout un assortiment de grands pieds. Il les suivit jusqu'au virage du petit chemin. Il n'avait pas vu ce petit sentier le jour de leur arrivée.

C'est là qu'il vit la canne à pêche de Vonnie, tout au moins, son extrémité. Là, au milieu du sentier, se trouvait la pointe cassée, une trentaine de centimètres, de sa précieuse canne en bambou. Elle l'avait brisée exactement là et avait marché dessus. Il s'accroupit et éteignit sa lampe. Hé Vonnie, où es-tu ? Avec qui es-tu ? Au prix d'une grande concentration, il se représenta la scène, elle maintenue prisonnière par Canby et son acolyte, ou luttant contre eux. Il avait maintenant envie de courir et de crier, alors il resta immobile. Il ôta la lampe frontale et la tint à la main tout en suivant le petit sentier à flanc de montagne, en direction du camp des braconniers. Il ne voulait plus la porter sur sa tête. De cette manière, lorsqu'ils feraient feu, ils ne l'auraient pas entre les deux yeux. Ce n'était plus la peine de se presser maintenant, et il essaya de ne pas se presser. Le sentier était marqué de profondes empreintes de chaussures qui avaient durci dans les quelques heures qui s'étaient écoulées depuis leur création. Il avança jusqu'au glissement de terrain et s'arrêta, respirant sans bruit, puis il décida d'escalader les éboulis pour avoir une vue dégagée. S'ils avaient fait un feu, il le verrait d'en haut. Il éteignit sa lampe et attaqua l'ascension, mais dès qu'il grimpa sur les pierres, il en délogea une, elle roula puis une autre bougea ; il n'y avait pas moyen de grimper là-haut sans déclencher un immense fracas. Ils penseraient qu'une voiture arrivait. Il se laissa glisser jusqu'en bas et se remit debout. Était-il pris de panique ? Il regarda sa montre. Minuit passé de cinq minutes. Il s'assit, alluma la lampe et examina ses mains. Couvertes de boue mais en bon état. Il n'était pas amoché. Il n'éprouvait pas de panique. Son cœur s'était désormais logé dans sa mâchoire, mais il n'éprouvait pas de panique. Pas trop. Bien. Il reprit sa marche sur le sentier et contourna les éboulis, les arbres bizarres, lumière éteinte, avec précaution. De l'autre côté, il ne voyait rien. Il faisait sombre dans les bois, et là où son regard portait assez loin pour apercevoir la montagne, il faisait encore plus sombre. Deux cents mètres, et il se mit à quatre pattes et repéra les empreintes à tâtons. Il était près du but. Il n'entendait rien d'autre que l'air omniprésent tandis que la terre tournait, la pulsation lui ébranlait le cœur. Il était sacrément près. Il était trop près et il s'assit pour réfléchir, pour essayer de réfléchir.

Puis il avança à quatre pattes. Il savait qu'il était en mauvaise posture parce qu'il ignorait combien de temps s'était écoulé. Ça, ce n'était pas bon. Il fit un pas, puis un autre. Le chemin s'était élargi et il fit un autre pas. Il posa sa main sur un arbre, fit un pas jusqu'au suivant, posa sa main. Un arbre après l'autre, il avança jusqu'à ce qu'il pose sa main sur un clou à tête plate. Il se figea et ouvrit les yeux aussi grands qu'ils le voulaient bien, essayant de distinguer les formes sur le sol, la vieille tente, quelque chose. À nouveau, il se rendit compte qu'il ne savait pas depuis combien de temps il était là. Il était au milieu du campement des bouchers ; il le savait sans avoir besoin de la moindre preuve. Il sentait l'odeur du sang. Brusquement, il leva la frontale et l'alluma. L'éteignit. Les trois formes l'avaient stupéfié et il éclaira l'endroit à nouveau. Les trois cerfs éviscérés étaient suspendus à la perche, mais le camp était désert. Une douzaine de canettes jonchaient les restes du feu et des bouts de ficelle rouge traînaient autour du campement, des copeaux de bois frais et des vieux chiffons. Il examina les lieux, le vieux tronc qui avait servi de banc, derrière lequel se trouvaient des mégots de cigarette et des boîtes de saucisses viennoises, les dix arbres, chacun avec un ou deux clous. Les côtes des cerfs, dénudées dans leur poitrail ouvert, brillaient dans la lumière. Elle avait certainement laissé quelque chose ici, d'une manière ou d'une autre. Il éteignit la lampe et se planta au milieu du campement abandonné. Ils étaient venus ici dans l'après-midi. Elle s'était assise ici. Où ? Pas sur le tronc. Devant le tronc. Qui d'autre est là ? Elle avait son petit sac à dos. Est-ce qu'ils lui avaient attaché les mains ? Elle s'était assise par terre. Il se mit à quatre pattes devant le tronc nu et dirigea le faisceau de sa lampe en dessous. Le petit objet brillant coincé dans une fente du bois : sa bague. Mack colla son front contre le vieux tronc lisse et ferma les yeux. Sa magnifique bague. Il la glissa dans sa poche.

Il quitta le camp, franchit la piste et descendit d'une centaine de mètres là où le terrain avait une forte déclivité sous un épais bosquet de pins qui perdaient leurs milliards d'aiguilles depuis trois cents ans. Il y avait des creux remplis de paillis d'un demi-mètre de profondeur. Mack trouva un replat et se fabriqua une litière. Il n'y aurait pas de feu. Il n'avait plus froid, mais la nuit allait être rude, il allait geler. Il ôta ses chaussures et se glissa dans le sac de bivouac sur le doux lit d'aiguilles. Il en rassembla des poignées pour recouvrir son sac. Il se redressa et but un peu d'eau. Quand il s'allongea, ses oreilles bourdonnèrent encore à cause de l'eau du lac. Quelle journée. Vonnie portait un short mais elle avait sa polaire et son gilet. Elle était forte. Elle allait être forte.

JOUR SIX

UN CERF HUIT CORS marchait dans l'aube profonde, chacun de ses pas provoquait un craquement étouffé dans l'épais sous-bois sec. Il passa à vingt mètres de Mack, qui l'observa sans bouger. La lumière était la même qu'au fond du lac, amplifiée, immobile, une grotte. Le cerf n'était pas pressé et il disparut en douceur dans les cinquante nuances de gris de la lumière de cette heure. Mack se mit sur son séant et tendit l'oreille. Partout dans le bois, le givre s'était déposé, dessinant des motifs cachemire là où il avait pu s'installer sans être gêné par les frondaisons. Mack ne percevait aucun bruit et ses oreilles brûlaient, douloureuses, à cause de l'eau du lac. Il n'arrivait pas à la faire sortir, mais il essaya quand même.

— Je suis là, dit-il au monde, et il but de l'eau de sa gourde et se mit en route vers la piste.

Il était 5 h 10 du matin, il faisait peut-être -5 °C. Il n'avait aucun plan.

Les cerfs pendaient, immobiles, dans le campement abandonné qu'il traversa, heureux de ne pas laisser de traces dans la terre gelée. Il suivit l'étroit chemin le long de l'orée du bois, un sentier qui montait et descendait doucement sur le pourtour de la montagne. Un kilomètre et demi plus loin, la pente devenait raide et croisait la piste qui partait de Dubois, et il y avait un nouveau panneau du service des Forêts qui portait une flèche et annonçait douze kilomètres. Le chemin qu'il suivait s'en éloignait et rétrécissait, disparaissant presque sous les traces de pas laissées la veille dans les feuilles. Le givre recouvrait tout. Mack observa le ciel et il n'y vit pas la moindre trace. Le soleil n'avait pas encore atteint les sommets les plus lointains. Maintenant, le chemin n'était plus qu'un vague sentier et l'épais sous-bois n'offrait plus la moindre vue dégagée, d'un buisson au suivant. Mack se força un passage, traversa la vallée, entra dans un canyon qu'il n'avait pas repéré. Il marqua une pause et contempla le paysage, un autre mystère dans ses montagnes. Même à l'étroite embouchure, les parois des falaises étaient raides, une crevasse dans la topographie archaïque, un déplacement lorsque le continent s'était fixé. Le couloir était à peu près de la largeur d'une route à deux voies et il était étouffé par les pins et les trembles rabougris, protégé du grand espace. Un ruisselet qu'il put franchir coulait au centre de l'endroit et Mack vit, en grimpant, où le groupe avait traversé et retraversé le joli cours d'eau. Il aimait les endroits perdus comme celui-ci, les surprises exclusives auxquelles n'avaient pas eu droit plus d'une dizaine de pionniers ; il y avait des milliers de recoins isolés dans la nature sauvage et ils le remplissaient toujours d'espoir. Jusqu'à aujourd'hui. Le goulet du canyon et les parois rocheuses en gradins prirent de la hauteur, la bande de ciel matinal bleu pâle se réduisit à une balafre au-dessus de sa tête.

Ils avaient rencontré d'innombrables campeurs lors de leurs randonnées, un groupe ou deux chaque année. L'an dernier, deux professeurs de sciences politiques de UCLA en congé sabbatique, avaient-ils dit, qui campaient à Vernon Lake. Ils avaient pris un café ensemble un après-midi, et les types avaient décrit en long et en large leurs recettes pour accommoder les truites. Ils avaient des sacs entiers de pignons de pin, d'amandes et autres graines, et une batterie de cuisine lourde, magnifique, du genre qu'on ne voit que lors des randonnées à cheval. L'un d'eux leur avait fièrement montré son petit appareil à pile pour monder les amandes. Vonnie essayait sans cesse de ramener la conversation sur les mouches, mais ils n'en avaient rien à faire de la pêche et ne pensaient qu'à cuire le poisson à l'huile d'olive. Elle leur avait sincèrement conseillé de suspendre leurs denrées comestibles dans un sac antiours et les hommes avaient paru contrariés. Ils ne voulaient pas avoir à tout ranger tous les soirs ; ils étaient là pour deux semaines. Mais leur café était délicieux et ils étaient plus sympas que la plupart des randonneurs. Quand ils étaient partis, Vonnie avait dit :

— Quand l'ours va débarquer dans ce camp, il va croire qu'il est mort et qu'il est arrivé au paradis.

Vonnie et Mack avaient aussi rencontré tous les pourvoyeurs qu'ils connaissaient. Richard Medina, de Cody, qui acceptait une randonnée tardive moyennant un supplément, avec une famille de Paris qui voulait venir à cheval voir les grandes montagnes, la *grande région sauvage de montagnes** !

Mack reconnaissait chacun des dix chevaux de Medina à une distance de huit cents mètres, et ils interpellaient gaiement Medina lui-même d'un *sauvage des montagnes** chaque fois que leurs chemins se croisaient. Ils rencontraient aussi les Eds, Ed Carey et Ed Wooten, de Jackson, qui riaient toujours quand ils les voyaient parce qu'ils leur avaient donné deux canettes de bière la première fois qu'ils s'étaient croisés. Les pourvoyeurs avaient toujours un cheval

* En français dans le texte.

à bière, et les Eds accusaient Vonnie de les suivre exprès pour avoir sa part de Budweiser.

— Une gorgée à peine, et la voilà devenue groupie, disaient-ils en riant.

Une année, le 3 ou le 4 septembre, ils avaient rencontré trois jeunes qui descendaient dans les éboulis, l'un d'eux s'était fracturé le radius en tombant. Ils étaient venus à Salt Lake pour passer un week-end de trois jours, et le gamin avait glissé au sommet. Il était en état de choc, alors Vonnie l'avait fait asseoir. Les autres étaient jovials et charriaient un peu leur copain. Ils voulaient retrouver leur camion pour aller au Starbucks. Le gamin, lui, était gris et il avait froid. Mack pouvait voir l'os saillir sous la peau, sans qu'il l'eût encore traversée. Quand il leur avait demandé leur portable, ils avaient tous sorti leur appareil, même le blessé. Ils avaient appelé l'épicerie de Crowheart et fait en sorte qu'une équipe de secouristes les rejoigne au départ de la piste.

— Il va leur falloir deux heures pour y arriver et vous attendre, avait dit Vonnie, ce qui est parfait pour vous. Il y a trois kilomètres jusqu'à votre voiture, puis quinze kilomètres sur le chemin de terre avant d'atteindre l'autoroute. Maintenez-le entre vous deux. (Elle s'était adressée au blessé :) Comment tu te sens ?

— Mal.

— Prenons un peu d'eau et reposons-nous. (Elle s'était tournée vers Mack et avait ajouté :) Mon ami a un remède miracle. On devrait en boire.

Mack était descendu remplir sa gourde au torrent et l'avait bien secouée pour diluer la poudre verte.

— C'est bon pour les bras cassés ? avait demandé le blessé.

— Pour tous les os, avait dit Mack, en particulier le crâne. Mais le tien paraît bien.

Le gamin avait bu goulûment à la bouteille, plusieurs fois, puis il s'était allongé et ils lui avaient recouvert les jambes.

— Est-ce que c'est grave ? avait demandé son ami.

— Tout le monde va s'en sortir, mais vous allez y laisser votre épuisette.

Vonnie avait découpé le filet de l'épuisette pour en faire une écharpe. En une demi-heure, le jeune homme avait fini le jus de bestiole et avait retrouvé un peu de rose aux joues. Elle lui dit :

— Tout ce qui vous reste à faire, c'est suivre cette piste pendant une heure. Ça ne grimpe pas. (Elle regarda les deux autres.) Et prenez votre temps. Quand vous arriverez à la prairie, asseyez-vous encore dix minutes avant de monter dans la voiture. C'est difficile de ne pas se dépêcher, mais surtout, ne vous dépêchez pas.

— Tu veux qu'on les accompagne ? lui avait demandé Mack.

— Il va bien, avait-elle répondu. Tu joues au base-ball ? avait-elle demandé au gamin.

— Non.

— Dommage. Tu vas avoir un bras droit étonnant d'ici dix semaines.

Et une année, alors qu'ils se garaient à l'entrée de la piste, ils avaient surpris un couple faisant l'amour l'après-midi. Les deux avaient rassemblé leurs vêtements en hâte et, après une drôle de conversation à distance d'un bout à l'autre de la prairie, ils les avaient rejoints et avaient fini par manger des pâtes avec Mack et Vonnie pendant que la nuit tombait.

Mais ils n'avaient jamais rencontré de forcenés. Certains types avaient des armes de poing et le disaient d'emblée, pour les ours, s'empressaient-ils d'ajouter, et les pourvoyeurs avaient leur fusil dans leur fourreau, mais c'était juste pour la frime.

Mack s'arrêta et vit qu'il avait perdu la piste. Il inspecta toute la largeur du goulet ; elle était bien là, mais vierge de toute trace.

— Merde, dit-il. Et merde.

Il jeta un coup d'œil à 360 degrés, la lumière se déposait en rubans neufs partout dans le gris et dans le vert, comme un puzzle. Il commença à redescendre. Au bout de cinquante mètres, il parvint au virage inattendu. Les branches étaient brisées et les feuilles portaient des traces évidentes. Difficile à manquer, il se défendait, comme homme des bois. Il y avait un embranchement là, une fracture dans la falaise qui était visible d'en haut. *Avance doucement*, se dit-il. Il traversa le bosquet de trembles dorés et pénétra dans le sinistre canyon secondaire. Ici l'ombre était carrément violette et les trembles élevaient leurs ramifications tortueuses à travers trois saisons : les feuilles étaient vertes en bas, jaunes au milieu et les branches les plus hautes étaient déjà dénudées. Il progressait pas à pas, lentement, jusqu'au second virage, où la perspective s'élargit, et Mack eut une illusion d'optique, du moins, le crut-il. Les bois gris, denses et enchevêtrés, qui l'environnaient de toutes parts dessinaient une hutte, une cabane. Il recula et s'accroupit, regrettant de ne pas avoir les jumelles de Vonnie.

C'était une masure de rondins avec une petite fenêtre, une méchante vitre, sur le devant. La porte, une planche grise, repéra-t-il, s'ouvrait vers l'intérieur. Pas la moindre fumée ne sortait de la cheminée en pierre brute. *Qui l'eut cru ?* pensa-t-il. Cette cabane existait depuis au moins soixante-dix ans, bâtie par un ardent misanthrope. Tandis qu'il était assis, il entendit un bruit venant de derrière, comme un grattement dans la terre, et il perçut le son caractéristique d'un cheval qui s'ébroue. Des chevaux. Les yeux rivés sur la porte, il contourna silencieusement la cabane du côté de la paroi du canyon, à une douzaine de mètres. Il restait courbé et se faisait tremper par le givre qui fondait dans le sous-bois. Les vieilles poutres s'étaient affaissées dans la structure et il n'y avait pas d'autre fenêtre que celle de la porte. Il découvrit trois chevaux et constata avec surprise que c'étaient de bons chevaux, pansés et bien nourris. Ils ressemblaient à des chevaux qu'il aurait pu connaître mais ce n'était pas le cas. Il n'approcha pas. Tout leur harnachement était installé sur deux poutres nues. Les animaux le regardaient calmement, et il remarqua le sentier cavalier improvisé qui montait derrière, dans la ravine. Ils devaient venir de quelque part en dessous de Dubois. Derrière eux se trouvait un autre cerf éviscéré, suspendu à un arbre. Il y avait tout un tas de ramures sur le côté, des centaines. Ces types n'avaient pas froid aux yeux. Mack était caché au sud de l'abri de fortune et il était presque 8 heures, mais il ne savait absolument pas quoi faire. Il s'accroupit, puis s'assit et attendit. Ses jambes s'ankylosèrent, alors il bougea et attendit encore.

Chester Hance avait appris à piloter, et c'était un type prudent, pas un casse-cou, pourtant il avait volé dans les nouveaux avions de Yarnell. Cette aile était bourrée d'électronique. Le corps était là depuis plus d'une semaine. Mack ferma les yeux et se recroquevilla. Yarnell l'avait laissé là plus d'une semaine.

Vers 9 heures, la porte grinça et s'ouvrit et le type costaud sortit, portant une salopette marron avec des bretelles pendantes. Il retourna à l'intérieur et ressortit en enfilant sa veste de toile. Il portait un seau et s'éloigna vers le canyon principal. Mack était caché, mais il considéra la situation ; il se trouvait entre les deux hommes, piégé. Il aurait dû se lever et partir appeler la police. Il était piégé dans un endroit idiot. Une minute plus tard, l'homme revint, renversant de l'eau en marchant. Il entra et Mack entendit la porte se refermer avec fracas. Elle avait probablement toujours ses gonds de cuir.

Il aurait eu besoin des forces d'intervention spéciale de la police ; cette situation était stupide. Un jour pour partir et un jour pour revenir, même avec des chevaux. Il réfléchit à toutes les éventualités, puis il prit sa décision. Il attendrait. Il envisagea de lancer un appel, d'avancer jusqu'à la porte et d'essayer de régler ça en discutant. Non, on avait passé le stade des discussions. Les ennuis étaient une autre langue dont il avait eu un aperçu sur la route obscure de l'année précédente, avec les drogues et pas une once de raison ni de grâce. Il avait été frappé à la tête deux fois par des gens qui ne se donnaient même pas la peine de jurer. Il n'y avait aucune raison, chaque fois, si ce n'est qu'il était à la portée de son agresseur. La brutalité était ahurissante. Une fois, c'était une femme, il avait toujours la marque que sa bague avait laissée sous la pommette. Ces gens ne parlaient pas. Non, maintenant, il allait attendre. Il n'avait jamais été bon en cela, mais il n'avait pas d'autre choix. S'il entendait un cri, il entrerait.

Une heure plus tard, le même homme sortit et alla retrouver les chevaux. Il s'affaira longtemps et il revint avec le cheval bai cerise, sellé. Il l'amena sur le côté et attacha les rênes à un jeune arbre. Puis il disparut à nouveau pendant quarante minutes, sella le cheval brun et le ramena. Ce travail de palefrenier ne lui était apparemment pas familier.

— Wes, appela-t-il en direction de la cabane, Wes !

La porte grinça à nouveau et le plus jeune, Wes Canby, sortit vêtu de Gap de pied en cap, veste verte et pantalon de toile propre. Il portait des chaussures de marche bicolores neuves, presque des chaussures habillées. Il s'était rasé, même si ce n'était pas parfait. Ces gars-là portaient la drogue sur leur visage, si on savait regarder. La ligne creusée sous la pommette, le creux flétri qui parfois laissait deviner les contours de leurs dents – leur visage étroit souffrait. Wes Canby portait deux carabines et restait debout sur le seuil en attendant que son compère ait réussi à monter sur le dos du cheval brun. Quand il fut monté, le jeune homme lui tendit les carabines et vérifia la sous-ventrière, qu'il resserra d'un cran. Il ajusta l'autre selle. Mack observait l'entrée de la cabane. Il voulait appeler maintenant, mais ce n'était pas une bonne idée. Il pouvait imiter une oie, c'était sa meilleure imitation, mais il n'y avait pas d'oies dans le coin. Elles étaient trop malignes pour venir si haut. Il pouvait imiter un cheval, mais pas de l'endroit où il se trouvait. En plus, tout le monde à Jackson avait un hennissement sur son téléphone portable, et le cri du cheval, c'était foutu. Il pouvait simuler le cri du pika ; elle reconnaîtrait ce piaillement. Il se prépara, puis se dégonfla. Il ne savait même pas si elle était là-dedans.

Le jeune homme dit quelque chose à l'autre et revint sur ses pas, referma la porte en la faisant claquer à nouveau. Il passa un morceau de grosse corde dans la poignée métallique puis autour du vieux tremble qui poussait devant la porte, et il la doubla en terminant par deux demi-clés qu'il serra bien fort. Il enfourcha le cheval bai cerise et les conduisit tous les deux de l'autre côté de la cabane, vers la ravine.

"Attends", s'intima Mack en chuchotant. "Attends, ne bouge pas." Il regarda sa montre et dit : "Encore vingt minutes. Ne bouge pas." Il sentait le haut de ses cuisses le brûler après toute cette descente, alors qu'il fuyait l'hélicoptère. *Est-ce que Yarnell m'aurait tiré dessus ?* Il secoua la tête. Quand il se leva, il entendit les échos indubitables d'un cheval qui descendait la piste, et il s'accroupit à nouveau, l'oreille tendue, à l'instant où le cheval bai cerise apparaissait soudain au coin de la maisonnette de bois. Les cheveux du jeune homme étaient rabattus vers l'arrière et il souriait. Il fit faire quelques pas au cheval devant la cabane, dans un sens, puis dans l'autre, il se pencha pour vérifier la corde, puis il fit demi-tour et éperonna sa monture vers la ravine. Mack se leva et alla jusqu'au coin de la cabane pour regarder l'homme disparaître, puis il suivit ses traces, monta le chemin prudemment mais d'un bon pas, trois cents mètres, jusqu'à ce qu'il bifurque vers la crête. Les hommes étaient partis.

De retour à la cabane, il avança jusqu'à la porte et dit :

— Vonnie.

— Mack, répondit-elle.

Il l'entendit répéter son nom.

— Fais attention.

Il défit les nœuds et desserra la corde. Il lui fallut donner un grand coup de pied dans la porte pour l'ouvrir ; l'intérieur de la cabane était exigu et sombre.

— Ici, dit-elle, et il avança.

Elle était sur le sol, sur un tas de couvertures, des couvertures à chevaux, reconnut-il à l'odeur. L'autre fille poussa un cri.

— Tout va bien, dit Vonnie, il est avec nous.

Elles étaient toutes les deux attachées par des liens aux genoux et aux coudes, assez efficacement pour des braconniers, pensa-t-il, mais il avait pu constater qu'ils savaient faire des nœuds. Vonnie pleurait maintenant, doucement.

— Ils t'ont fait mal ?

Vonnie secoua la tête mais son regard était étrange.

— Oui, dit la fille.

— Où sont vos amis ?

— Ils sont redescendus hier vers midi, dit Vonnie. Ils ont pu s'enfuir. Voici Amy.

La fille pleurait et sursautait au moindre bruit.

— Ils m'ont fait du mal, dit-elle. Je veux me laver. Oh mon Dieu.

— On va partir, lui dit Mack. Tout va bien se passer. Quand reviennent-ils ? demanda-t-il à Vonnie.

— Ils ont dit qu'ils ne reviendraient pas, qu'on allait mourir ici.

— Ils vont revenir, dit-il. Ils ont laissé un cheval.

— Il faut que je me lave, dit Amy. Je ne peux pas partir. Oh mon Dieu mon Dieu mon Dieu.

— Ils étaient défoncés ? demanda Mack.

— Le grand type, dit Vonnie. Il était taré. Complètement taré.

Elle pleurait. C'était ce qui les différenciait ; elle pouvait pleurer et faire face en même temps, alors que, lorsque lui pleurait, il en était incapable. Il lui tint le menton pendant une seconde et la regarda attentivement :

— Tu vas bien ?

— Oui, bien.

Si elle n'avait pas ajouté ce *bien*, il aurait cru son mensonge, mais ce n'était pas le moment de discuter.

— Où étais-tu passé ?

— Je suis désolé de t'avoir laissée partir seule. Viens.

— Non, dit la jeune femme.

Amy refusait de laisser Mack l'aider. Elle refusa de se lever jusqu'à ce que Vonnie l'aide. Mack sortit dans la lumière violente du soleil et alla chercher le cheval. Il vit quelque chose et leva les yeux vers la direction que les deux hommes avaient empruntée. Rien. Il était fatigué et perclus de courbatures, ses yeux lui sortaient de la tête, mais il se hâta malgré tout. Est-ce que le type reviendrait vérifier une seconde fois ? Il y avait une bride et quelques accessoires, mais pas de selle.

— Comment tu t'appelles, mon vieux ? demanda-t-il au cheval.

Mack amena l'animal devant la cabane. Quand les femmes sortirent, quand il les vit toutes les deux, il comprit parfaitement l'étendue de leurs ennuis. Il y avait eu un crime, puis un autre, et il semblait apparemment sur le point d'en éviter un troisième. Il lui était déjà arrivé d'être confronté à de véritables accidents et il avait toujours tenté de remettre un semblant d'ordre, mais là, tout était mouvant, fuyant sous ses pieds, et Mack s'efforçait d'agir lentement et de tout peser avec attention. Il donna de l'eau aux femmes et remit la corde sur la porte, refit les nœuds qu'il serra très fort. Il installa Amy devant Vonnie sur le cheval de bât, et il mena l'animal jusqu'au joli petit ruisseau en contrebas et le long du canyon à la déchirante beauté d'automne. Ils avançaient sans parler le long du sentier de montagne, à un bon rythme, le cheval à un pas constant et régulier. Ils avaient laissé de belles traces mais Mack savait qu'ils avaient le temps pour eux. C'était la charge la plus légère que le cheval ait portée depuis des années. La journée était claire et froide, mais le soleil leur faisait du bien et la marche était aisée. Lorsqu'ils sortirent de la forêt pour entrer dans la plaine de la Wind River, Mack dit à Vonnie :

— J'ai ta bague.

Quand ils arrivèrent au sommet, il aida le cheval à descendre et tendit les rênes à Vonnie.

— Donne-moi tes jumelles, dit-il.

Elle les sortit de son sac.

— Ce cheval s'appelle désormais Buddy. Fais-le descendre et je vous rattraperai. Reste sur la piste. Je veux inspecter les alentours.

Mack se félicitait d'être au-dessus de la crête avec une ligne d'horizon dégagée. Il regarda les deux femmes sur le cheval, qui descendaient lentement la pente. De là où il se trouvait, elles seraient faciles à voir pendant un bon moment. Il retourna grimper dans les rochers, gardant la tête baissée dans les anfractuosités crénelées, et inspecta l'immense vallée écrasée sous le soleil de midi. Voilà le monde qu'il aimait, et pourtant il s'interrogea. *Il s'est passé quelque chose de très moche, mon gars. Qu'est-ce que tu penses de cet endroit, maintenant ?* Dans le champ grossi des puissantes lentilles, les crêtes ressortaient et il voyait des vallées où il n'avait jamais pêché. *Je l'aime toujours.* Ces jumelles étaient extraordinaires, elles attrapaient tout. Il inspecta tout le chemin qu'ils avaient parcouru, suivant lentement la piste, et tandis qu'il observait la prairie au loin, il vit les deux hommes sortir des arbres sur leurs montures. Ils ne se pressaient pas, mais ils avançaient bien. Le jeune homme savait monter, malgré une certaine désinvolture, mais l'autre type était maladroit et malmenait son cheval. Il voyait leurs visages avec précision. Le jeune homme était l'image même de la détermination tandis qu'il observait la piste ; Mack pouvait distinguer le masque imprimé sur son visage : la drogue. Le gars avait un sourire plein de méthadone, raide et pâteux. Ils portaient tous deux des revolvers et il y avait un fourreau d'où dépassait la crosse d'une carabine de l'autre côté de la selle de Wes Canby. Pour la première fois de sa vie, Mack sut que s'il avait eu une arme, il les aurait tout simplement attendus en se cachant et les aurait descendus à bout portant.

Bon, il fallait qu'il parte.

Buddy se débrouillait très bien dans les rochers et suivait le sentier bien tracé. En courant à nouveau, Mack les rattrapa et conduisit le cheval d'un bon pas dans le paysage lunaire de granit jusqu'au dédale de la forêt. Il avait hâte d'être sous les arbres. Amy pleurait toujours dans les bras de Vonnie, appuyée contre elle, ses cheveux rouges sur son épaule. Dans la forêt, le cheval maintint son allure en montée et en descente, trois cols, puis lors de la dernière descente jusqu'à la plaine. Il ne s'arrêta pas pour boire dans Cold Creek, mais traversa à grand renfort d'éclaboussures derrière Mack jusqu'à la prairie devant la tente de Clay. À mi-chemin, Mack cria en direction de la tente.

Clay sortit et agita la main.

— Un cheval, dit-il quand ils approchèrent. Et deux femmes.

Amy avait cessé de pleurer, maintenant Vonnie l'aidait à descendre de cheval.

— Je t'amène des ennuis, Clay.

— OK.

— Trouve quelque chose à manger pour les femmes, si tu peux. Qu'est-ce que tu as comme fusil qui fonctionne ?

— La Winchester, c'est tout. On aura tout un arsenal demain, quand l'équipe arrivera.

— Tu as des balles ?

Clay ôta la carabine des crochets où elle était suspendue, sur la faîtière de la tente, et l'ouvrit.

— C'est une antiquité à un coup. Mais elle marche du tonnerre.

Il ouvrit la boîte à munitions et Mack sortit les balles. Dix.

— Elle s'arme comme ça, et après, elle est chargée, lui expliqua Clay.

Vonnie assit la fille à la table et posa la bouilloire sur le feu. Lorsqu'elle regarda les deux hommes et la carabine ouverte, Mack prit l'arme et emmena Clay dehors.

— Tu sais ce que tu fais, Mack ?

— Montre-moi encore, demanda Mack à son ami.

Clay tira le chien, introduisit la cartouche et referma la culasse avant de l'ouvrir à nouveau.

— Comme ça.

— Pigé.

Mack posa la carabine contre l'arbre et entra sous la tente. Il s'assit à côté de Vonnie à la grande table et dit :

— Ça va ?

Elle ne parvenait pas à soutenir son regard et gardait les yeux baissés.

— Ils t'ont fait du mal.

— Oui. Ils ont tous les deux essayé.

Il lui prit la main. Il était incapable de rien ressentir, c'était comme lorsqu'il prenait de la drogue. Tout était décalé, ailleurs. Il regarda sa main lâcher celle de Vonnie.

— Merci de me l'avoir dit.

Il se leva.

— Je sais ce que j'ai besoin de savoir, dit-il à Clay.

Dehors, il soupesa la carabine.

— Ça va aller, et tu as tes revolvers.

— Oui. Compte sur moi.

— Il y a deux types, dit Mack. Je vais monter et leur parler maintenant.

— Tu veux que je vienne ?

— Reste là et ouvre l'œil. Qu'est-ce que le shérif a dit ?

— Il a dit qu'il a un homme qui monte de Dubois et qu'on doit le tenir au courant de ce qu'on voit.

— Appelle-le avec la radio et dis-lui qu'ils sont ici. Je vais revenir.

Il plongea dans la tente spacieuse quelques minutes encore et embrassa Vonnie sur la joue avant de ressortir dans les dernières lueurs du jour.

— Hé, Buddy, dit-il, en sautant sur le cheval et en attrapant les rênes. Allons voir ces autres chevaux.

Mack n'avait pas monté à cru depuis qu'il était enfant et donc il chevaucha lentement dans la prairie, la carabine sur les genoux. Il se sentait comme un gamin, une sensation qu'il avait eue trop souvent ces deux dernières années, mais son cœur n'était maintenant plus qu'embrasement. Il était de nouveau en train de faire un truc idiot, mais il irait jusqu'au bout. Ils avaient fait du mal à Vonnie, rien ne serait assez cher payé pour ça. Mack fit monter le cheval sous le faible soleil jusqu'à la forêt. L'air embaumait l'automne, une saison qu'il adorait. Quelle belle journée lui offrait le monde. Il chevaucha jusqu'à la lisière supérieure de la prairie et attendit à l'orée de la forêt, les yeux rivés sur le sentier où les arbres projetaient des ombres spectaculaires qui se déroulaient comme une échelle devant lui. Son cœur battait fort et le secouait, et il sentait sa mâchoire trembler tandis qu'il s'efforçait de rester calme. Il ouvrit la bouche.

Plus haut, la piste était un dessin tremblotant d'ombre et de lumière, un spectacle grouillant qui ressemblait à des gens en train d'arriver à chaque seconde, encore et encore. Il ne pouvait pas chevaucher sous les arbres, et il secoua la tête d'un air abattu devant cette limite, cette vigilance et cette peur. Il s'était dit qu'il pourrait y aller, se cacher et détruire ces hommes, mais il devait maintenant adopter une autre position.

— Attends, finit-il par dire. Ils vont se montrer.

Enfin, la cascade d'ombres bégaya et une forme apparut au bout du chemin : un homme et un cheval. C'était le plus grand des deux hommes, il avait les deux mains sur le pommeau de sa selle et faisait tourner son cheval brun vers le bas en direction de Mack, sans s'arrêter. Mack guetta à la suite du cavalier, mais aucune autre silhouette n'apparut. Quelque chose ne collait pas.

— Qu'est-ce qui se passe ? dit Mack tout seul, à voix haute.

L'homme à cheval se tourna alors et aperçut Mack en contrebas, à près de quatre-vingts mètres. Il se tordit sur sa selle pour attraper son revolver. Mack l'observa. L'homme ne se retourna pas pour voir si son partenaire arrivait, et Mack sut alors que le jeune homme, Canby, était passé par l'autre côté. Mack pivota et inspecta la prairie, mais la tente blanche était obscurcie par les arbres, presque un kilomètre plus bas. Maintenant, l'homme en face de lui se tortillait sur sa selle pour extraire son arme coincée dans le holster ouvert. Mack ne pouvait pas bouger. *Quand il sortira son revolver, il va l'armer et descendre jusqu'ici et me tirer dessus.* Cette pensée n'était qu'une pensée tandis que Mack observait le cheval qui s'avançait, tout joyeux à l'idée de retrouver son vieux copain Buddy.

À vingt mètres de Mack, l'homme parvint à libérer son arme et faillit la laisser tomber à cause de l'effort, mais il n'avait jamais utilisé d'arme à feu et il dut la tenir à deux mains devant son visage comme quelqu'un qui examinerait un téléphone portable, puis, manifestement, il maîtrisa la chose et pointa l'arme vers l'avant, visant Mack avec le revolver – Mack pouvait voir qu'il s'agissait d'un Colt à canon long. L'arme tremblotait mais l'homme se rapprochait et très bientôt il lui serait difficile de manquer sa cible. Mack entendit alors quelque chose porté par le vent, un cri, un petit cri perçant qui ressemblait à la voix de Vonnie hurlant *non*, et cela suffit à le pousser à brandir sa carabine d'un grand geste circulaire et à en saisir le canon dans sa paume gauche ; et lorsqu'il se mit en action, tout devint naturel, son mouvement de rotation avec la carabine vers le cavalier armé d'un revolver arrivant droit sur lui à travers les éclats du soleil, puis Mack entendit deux coups de feu et ensuite un troisième en contrebas, deux armes différentes, puis il entendit sa propre carabine exploser quand il appuya sur la détente, et le grand homme fut projeté en arrière sur sa selle et il tomba, son épaule ensanglantée et sa tête heurtèrent le sol dans une chute effrayante. Mack avait déjà vu des hommes tomber de cheval, et il avait toujours détesté ça. Ce n'était jamais une cascade de cinéma. C'était un bien grand homme pour faire une telle chute, qui se renversait sur la croupe du cheval, la tête et l'épaule heurtant le chemin rocailleux, puis restait là, immobile.

Mack fut surpris par le calme des chevaux, qui sursautèrent au moment des détonations puis attendirent sans bouger. Ils étaient habitués aux armes à feu. Il fit tourner Buddy, se coucha sur sa crinière et lança le cheval noir au galop à travers les buissons de sauge, quatre, cinq grands bonds, puis il se ravisa et retint sa monture. Il pouvait descendre par deux chemins : à découvert, par la prairie, ou par-derrière, sur la piste de la crête, qui était l'endroit par où Canby était passé. Il fallait qu'il prenne une décision maintenant ; il envisagea de descendre au bord de la prairie, hors de vue, ce qui prendrait plus de temps mais garantirait l'effet de surprise. Puis il entendit une détonation et un cri, puis un autre cri, Vonnie cette fois, et encore un cri. Il se redressa puis se pencha à nouveau sur le cou du cheval noir et le lança au galop. Les précautions ne duraient qu'un temps. Peu importait le chemin. Il fallait qu'il y aille. Peu importait qu'il soit désarçonné et tombe de cheval ; et parce que cela n'avait plus d'importance, il sut qu'il ne tomberait pas.

Avant qu'il puisse voir la tente, chevauchant aisément le cheval noir qui avançait dans un galop fluide et sobre, Mack entendit un autre coup de feu et il commença à se détendre, se redressant de sa position couchée sur la crinière du cheval, la carabine coincée entre la bête et sa jambe. Il prenait maintenant conscience qu'il venait d'entendre la balle passer au-dessus de sa tête dans un claquement chuintant, un son qu'il n'avait jamais entendu auparavant, et il s'en fit la remarque : C'est donc ça, ce bruit. Il vous touche ou il vous manque. Maintenant il pouvait voir la tente et, pas loin, le cavalier Canby qui réarmait sa carabine pour tirer un autre coup. Le magnifique cheval bai cerise de l'homme paraissait déconcerté, il marchait en rond, et Canby était tout entier concentré sur le fait de viser avec sa carabine pour tirer sur Mack qui lui arrivait droit dessus. Mack n'était plus qu'à trente mètres. La démence s'empara de son esprit. Tout s'écrasa en deux dimensions et se désagrégea. Était-ce mal ? Chaque seconde s'ouvrait comme la page d'un livre insensé. Derrière le cavalier, il vit les deux femmes penchées dans l'ombre de la tente, Mack sut alors que Clay avait été touché. Il tira brutalement sur les rênes de Buddy, passa la jambe derrière sa croupe et descendit à terre en donnant une tape au cheval pour qu'il quitte la piste et se mette à l'abri. Allez, file. En touchant terre, Mack sentit sa carabine mordre la poussière par le canon ; il y vit un mauvais présage. Mais c'était bon d'être sur la terre ferme. Voilà, on y était. Maintenant, la page se tournait, le cheval approchant à moitié au galop vers lui car il rechignait à courir droit sur un homme. Il y avait quelque chose de franchement démentiel dans ces instants, l'expression lui passa par la tête et il faillit l'énoncer tout haut. Le cheval de Canby était étrange, les rênes pendaient et l'homme n'avait toujours pas épaulé sa carabine. Il était si proche que Mack pouvait sentir l'odeur du cheval. Canby lui envoya un coup de pied dans la poitrine en passant, et Mack tomba lourdement dans la sauge sèche et il en éprouva l'odeur et la sensation, puis il se réveilla et il sut qu'il était idiot à nouveau.

Mack se leva et tapa le canon de sa carabine contre le côté de sa chaussure tout en se tournant et en regardant vers la prairie où Canby était en train de faire demi-tour sur son cheval fauve. *Ta carabine est enrayée, mon garçon. Tu es nu comme un ver.* Mack la cogna à nouveau, puis il la brandit et l'arma, et la balle s'éjecta : elle était déjà armée. Il voulut prendre un instant pour souffler dans la culasse, mais une explosion dans la terre à ses pieds l'en empêcha, et il chercha une balle à tâtons dans sa poche, la fourra dans la chambre et referma la sous-garde. Il se planta sur la piste, le cheval le vit et se mit à descendre.

— Espèce d'enfoiré, dit Canby.

Il tenait Mack en joue et un sourire plissait son visage.

— C'est le moment de me donner le détonateur. Tout le bordel que t'as piqué sur l'avion.

Mack encaissa un coup de genou qu'il ne put éviter. Sa vision se troubla, il sentit son cœur se vider de son sang. Il se releva aussitôt et sentit le sang marteler son cou.

Mack entendit cliqueter la carabine de Canby – elle était à nouveau chargée. Ça devait être un modèle à répétition. Il détestait les fusils.

— Mais, poursuivit le jeune homme, tu as volé un cheval.

Il rit d'un rire complètement faux, forcé et douloureux.

— Et tu es à plus d'un kilomètre à l'intérieur des espaces sauvages du Wyoming. Les terres de l'État commencent un bon kilomètre plus bas. (Il leva un bras pour montrer la direction, et faillit presque tomber de cheval.) Espèce de pauvre minable, t'as crapahuté pour Yarnell et t'as volé un cheval dans le Wyoming – mauvaise nouvelle. Je vais te régler ton compte.

Mack sentit son estomac se transformer en pierre, se retourner avec la peur ; mais cette nausée était présente depuis longtemps, avec toute cette affaire qui ne cessait de s'aggraver, avec son incapacité à être là où il fallait, chaque fois, son incapacité d'empêcher tout ça.

Le jeune cavalier fit avancer son cheval au pas vers Mack et cala sa carabine contre son épaule.

Mack avait prévu de prononcer son nom, de proférer une quelconque menace, mais son esprit était vide. La vieille carabine lui semblait parfaite, maintenant, mais alors qu'il mettait en joue il savait qu'elle était peut-être obturée et risquait de lui exploser à la figure, mais sans s'en soucier il visa pendant exactement une seconde et appuya sur la détente. La détonation produisit un claquement sec plus fort que tout ce qu'il était donné à quelqu'un d'entendre et Canby tomba de son cheval en arrière comme s'il avait été frappé avec une pelle. Mack ferma les yeux et serra fort. Lorsqu'il les rouvrit, les pages avaient disparu, dissoutes dans un déferlement de lumière diffuse. Son cheval était resté immobile et n'avait pas bronché. Ces chevaux, se dit Mack. Immobiles dans la tourmente.

Le cheval de Mack partit dans les hauts buissons de sauge et rejoignit le bai cerise pour lui frotter les naseaux. Mack se baissa et ramassa la douille qu'il avait laissé tomber et la fourra dans sa poche. Il s'accroupit, posa la carabine sur ses genoux et vomit. Deux fois. Prenant de grandes inspirations et soufflant fort, il s'approcha de l'endroit où l'homme était étendu sur le dos dans la végétation automnale. La balle l'avait touché au beau milieu du sternum et avait complètement détruit son corps ; il était mort. Une autre blessure par balle sous son bras droit avait beaucoup saigné sous sa chemise et jusque sur son pantalon. Mack ne le toucha pas. Il monta Buddy à cru plutôt que de prendre la selle de l'autre, et il ramena lentement le cheval bai cerise à travers la prairie.

— Mack.

Il entendit Vonnie l'appeler avant de la voir. Elle et la fille étaient en train de couper la jambe du pantalon de Clay. Il était gris, son visage grimaçait, et il était allongé dans l'herbe devant la tente. Clay tendit un doigt :

— Que la jambe.

— Deux fois, dit Vonnie.

— Tu as passé un appel radio ? demanda Mack.

— Vonnie l'a fait.

Mack enleva la jambe de pantalon et la découpa en deux bandes. Il utilisa son foulard pour essuyer la plaie et remarqua que Clay n'avait aucun mouvement de recul. Les deux blessures enflaient, celle au-dessus du genou plus que l'autre dans le mollet. Elles étaient d'un rouge rageur et foncé et ne saignaient pas vraiment beaucoup. Vonnie avait emmené la jeune fille sous la tente.

— Je l'ai eu, dit Clay calmement.

Mack serra le garrot à mi-cuisse et le sang reflua.

— Bouge ton pied de haut en bas, dit Mack à son ami.

Il regarda le pied fléchir d'avant en arrière.

— Étonnant. Tu fonctionnes encore.

Il examina à nouveau les blessures et vit que les balles ne s'étaient pas enfoncées très profondément.

— Tu as deux balles dans le corps, Clay, mais je ne vais pas les extraire. Tu étais où ?

— Sous la tente. Je l'ai vu passer à cheval derrière, entre les arbres, et je suis entré et il a tiré à travers la toile de ma putain de tente. Si c'est pas grossier.

— Lamentable, dit Mack. Mais en tout cas, ça a ralenti les balles.

— Putain de dégommeur de tente.

— Je l'ai eu, dit Mack.

— *Je* l'ai eu.

— Tu l'as blessé, Clay. C'est moi qui l'ai abattu.

Clay étudia le visage de Mack.

Vonnie sortit de la tente avec deux couvertures. Elle en roula une qu'elle cala sous la tête de Clay et déplia l'autre pour la poser sur lui.

— Je vais chercher de l'eau, dit Mack.

Il entra sous l'auvent de toile, prit la trousse de secours et revint couvrir les deux blessures avec des compresses et du sparadrap. Il coupa le garrot.

Une fois Vonnie repartie à l'intérieur, Mack tint la gourde pour Clay et dit :

— Je les ai descendus tous les deux. J'ai tiré sur le grand type, il est juste là, à l'entrée du parc. Je crois qu'il est seulement blessé. L'autre, je l'ai tué. Son nom est Wes Canby et il se planquait à Rawlins, la plupart du temps. Je le connaissais depuis mes exploits de convoyeur de came. Il est mort.

Vonnie sortit, les deux mains serrées autour d'une tasse de café au lait qu'elle tendit à Mack.

— Merci beaucoup, dit Mack.

— Rien pour toi, dit-elle à Clay, pas avant la fin de ta balade en hélico.

Mack vit qu'elle s'était lavé le visage et coiffé les cheveux en arrière. Vonnie le regarda puis détourna les yeux.

— Tu es pâle.

Elle attendit puis elle sourit et dit :

— C'est maintenant que tu dis "Tu es pâle".

— Tu vas bien, Vonnie.

— Tu vas bien, Mack.

— Quelques ennuis, dit-il, mais tu es saine et sauve.

Il restait trois kilomètres à faire jusqu'aux voitures, dans les dernières lueurs du jour, alors il dit seulement :

— Allez-y, vous arriverez à la voiture avant la nuit. Je vous retrouverai.

Amy sortit de la tente en attachant son pull autour de sa taille.

— Merci, dit-elle. (Elle ne voulait pas les regarder.) D'être venu nous chercher.

Mack se contenta de hocher la tête.

— Tu veux aller dans la tente, Clay. Mack, tu veux qu'on t'aide à le déplacer ?

— Non, je suis bien ici, dit Clay. Quelqu'un a déjà pris les devants et m'a bousillé mon pantalon, mais l'hélico devrait être là d'ici cinquante minutes. L'an dernier, nous avons eu une fracture compliquée de la jambe et il leur a fallu quarante et une minutes depuis Jackson ce qui était un record, même qu'ils voulaient le mettre dans le journal.

Vonnie s'accroupit et l'embrassa sur la joue, puis elle et la fille s'en allèrent sur le sentier à travers la prairie.

Le père de Mack avait des armes au ranch, une douzaine de fusils de chasse vieux d'une centaine d'années, y compris son magnifique Ithaca à canon double avec un faisan sculpté dans la crosse, suspendu au-dessus de la cheminée. Une seule carabine était entreposée dans le râtelier de la cabane, et à la connaissance de Mack, elle n'avait jamais servi. Il essaya de se rappeler si elle était toujours là-bas, une .30-30 de chez Sears. Il y avait une seule arme de poing, un petit .22 dans le tiroir de la cuisine pour les serpents et autres petites nuisances. Il était difficile à trouver entre le batteur à œufs et le rouleau de scotch. Mack lui-même avait abattu beaucoup de faisans et de gibier d'eau mais jamais de cygne, alors qu'il y avait une saison pour cela. Il n'avait jamais tué de cerf et son père pensait que ce n'était en rien un rite de passage dans un pays où les cerfs de Virginie étaient aussi peu sauvages que des chiens. Maintenant, agenouillé à côté de son ami blessé, il tenait sa grande tasse pleine de l'excellent café de Clay et il n'était pas certain qu'il allait redescendre.

— Il te faut plus de crème dans ce café.

— Il est parfait.

Clay reprit :

— J'ai tiré sur un homme, un jour.

— C'est pas vrai.

— Si, Mack.

Clay fermait les yeux en parlant. Il avait croisé ses bras sur sa poitrine.

— Et c'était quand ?

— Chez nous, à Sudman.

— Chez ton père.

— Oui.

— Sur qui tu as tiré ?

— Un voleur, un type appelé Curlbeaker. On avait découvert que lui et son frère écumaient tout le coin. Ils se promenaient en camion à remorque et piquaient des tracteurs et des tout-terrain, tout ce qu'on laissait dans la cour.

— Et une nuit, tu l'as truffé de chevrotines.

— Oui. Il était 3 heures du matin, à peu près, et quand je suis sorti de la maison, il est descendu de notre vieux John Deere et a couru vers la route où le camion l'attendait. J'ai tiré à environ trente mètres et il est tombé, il a roulé et il s'est mis à crier, son frère s'est barré avec le camion et tout le tintouin. Ils l'ont rattrapé au sud de Rock Springs, il n'avait plus d'essence.

— Et qu'est-il arrivé à celui sur lequel tu as tiré ?

— Il était couvert de sang de l'épaule jusqu'au genou, criblé de plomb, et il s'est retrouvé le cul à l'air. Il a passé une semaine à l'hôpital et ensuite il a porté plainte contre nous. (Clay ouvrit les yeux et rit.) Mais ensuite, lui et tous les Curlbeaker ont disparu, partis au soleil, d'après moi. Mais il reste encore du plomb à faisans calibre 6 dans le flanc de ce type.

— Quel effet ça t'a fait ?

— Ça m'a fait l'effet que j'aurais dû me sentir mieux. Tout le monde me répétait, bien fait, des trucs comme ça, mais ça ne me disait pas grand-chose. Je le referais, au milieu de la nuit, dans ma propriété ou pour les miens, mais ça ne me dit pas grand-chose, Mack. C'est comme ça qu'on est fait. (Clay lança un regard dur à Mack.) Ton type, là, il a fait des choses aux femmes et il a payé pour ça. Je les ai entendues parler pendant que t'étais parti, et c'est pour ça que je suis sorti avec mon fusil. Tu as fait ce qu'il fallait, mais ça ne va pas être facile, rien ne va être facile. Juste, mais pas facile. Je me porterai témoin, s'il faut en arriver là.

— J'ai encore une chose à faire, dit Mack à Clay, et il se leva et récupéra son sac à dos avec le matériel qu'il avait pris sur le site du crash.

Il monta Buddy une fois de plus et alla au trot jusqu'au corps de Canby. La journée était finie. Il mit pied à terre et attacha le paquet à la ceinture de Canby, puis il recouvrit le corps avec son poncho jaune, qu'il cala aux coins avec des pierres rondes. Il se releva aussitôt et alla jusqu'aux arbres à la lisière supérieure de la prairie et il remonta la piste. Là, il vit que l'autre homme était parti. Il avait dû récupérer son cheval et retourner dans les montagnes, maintenant. OK. Mack sentit son cœur battre la chamade et il baissa la tête. Tout était fini.

En descendant vers la prairie, il entendit l'hélicoptère des secours battre l'air, et ce léger battement étrange suffit à lui faire mal à la poitrine. Il amena Buddy derrière la tente des chasseurs et attacha les deux chevaux à la corde tendue entre les arbres, puis il retourna dans la prairie et agita son chapeau en montrant du doigt la partie plane avant de reculer tandis que l'engin descendait. L'hélicoptère se posa et modifia complètement l'endroit. Même au ralenti, le bruit était insoutenable. Il y avait deux secouristes à bord, l'un était le pilote.

— Je vais rentrer à pied, ce soir.

Mack était agenouillé à côté de Clay. Il lui fallait parler fort.

— Tu as toujours l'air un peu fracassé.

— Non, je vais bien. Je veux dire au revoir à Vonnie. Il le faut. (Il se leva.) Je ne sais pas quand je la reverrai.

— Tu vas vouloir récupérer ton sac, dit Clay en levant un doigt.

— Oui. Nous avons aussi laissé deux sacs de couchage dans les arbres, là-bas, au-dessus de la pointe ouest de Valentine Lake.

— Je vais voir avec Bluebride s'il peut aller les chercher avant la fin du mois.

— Merci. (Mack serra la main du jeune homme.) Tu es un ami, Clay, un vrai.

— OK, alors.

Un secouriste s'approcha avec sa grosse boîte grise et s'agenouilla à côté de Clay, il se mit à découper les pansements temporaires aux ciseaux. L'autre rejoignit Mack et lui hurla dans l'oreille.

— Qui est le tireur ?

— La fusillade est finie, dit Mack. Il y a un mort là-haut, et un blessé qui est parti tout seul. (Il pointa un index.) Contentez-vous de ramener Clay en ville.

L'homme hocha la tête et se tourna vers Clay.

Mack traversa la grande étendue herbeuse, son ombre de trois mètres le menant à travers les fleurs sauvages et la sauge dans les dernières lueurs de l'après-midi. Le soleil donnait une faible lumière, et le froid s'annonçait véritablement glacial. Le jour jaune et mouillé voulait lui briser le cœur. La saison s'enlisait et chaque jour était désormais une brave imitation du jour précédent. En septembre, l'année se dissipait, et dans la voiture, on entendait à la radio le compte-rendu d'un des derniers matchs de base-ball de la saison en descendant en ville, et on avait l'impression que tout cela venait d'une autre planète, les parasites, les cris de la foule et les présentateurs qui essayaient d'écarter les ombres de l'automne. Il retrouva la piste et descendit jusqu'à la barrière de rondins qui marquait le début des vastes étendues sauvages ; il escalada l'espalier à quatre pattes, resta un moment debout au sommet, puis se laissa glisser jusqu'en bas et sortit des bois. Maintenant, il fallait contourner les trois douces collines dans la forêt. Toutes sortes de pensées l'assaillaient. Quand ils étaient arrivés, il s'était imaginé cette excursion différemment. Le retour était toujours un moment délicieux. Sales et fatigués, ils parlaient, discutaient des poissons qu'ils avaient attrapés, de la randonnée. Ces jours-là, son père disait toujours : "Être sale, comme avoir faim, ce sont des choses magnifiques qui se méritent. Nous l'avons bien mérité, alors allons nous laver et manger." Il avait appris à Mack à ne jamais mépriser la faim mais à s'en servir comme d'un instrument, et ils avaient mangé d'excellents steaks dans les gros relais routiers à la lisière des villes de l'Ouest lorsqu'ils descendaient des montagnes. "Servons-nous de ça comme il faut" – Mack avait dit ça à Vonnie chaque année ; ils savaient tous les deux qu'ils mangeraient des steaks et boiraient des boissons fraîches sorties de la glacière qu'ils avaient gardée de côté : une célébration et une dernière nuit à camper près des voitures, au-dessus du monde. Une année, il avait apporté du champagne, ce qui avait été une erreur, leur tête les avait ralentis jusqu'à midi le lendemain, et il avait été le premier à le dire : "Je suis complètement allergique à cette boisson."

Maintenant, il ne savait pas. Il se dit que Vonnie emmènerait Amy à la clinique à Dubois ou Lander, ou plus loin, jusqu'à Jackson pour qu'elle voie les grands médecins. Cela lui faisait du bien de marcher maintenant, mais il avait toujours l'impression qu'il allait perdre pied, rendre le café de Clay. Ce n'était pas la vue de l'homme mort, mais la peur au moment où il avait brandi le fusil qui le travaillait toujours. Il se plia en deux, les mains sur les genoux, à nouveau, et attendit. Il vit alors quelque chose au bord de la piste, quelque chose qui bougeait : un élan, puis il regarda à nouveau et il s'aperçut que c'était un des bouvillons rouges de Bluebride, qui l'observait depuis les arbres.

— Bon, dit-il. Te voilà bien, c'est malin ! Viens. On descend. Hop hop. Il n'y a rien à manger là-haut.

Le bouvillon regardait Mack sans bouger.

— Allez, viens, dit-il.

La bête ne broncha pas. Mack retourna en arrière et approcha l'animal par-derrière et même là, le bouvillon refusa de bouger. Il vit la marque de Bluebride, le B avec trois arrondis, sur son flanc.

— Allez allez allez, dit Mack en lui posant la main sur le flanc et l'animal se mit enfin en route, descendant à contrecœur le sentier de terre.

— Hop hop, dit-il. Je vais quand même pas te pousser jusqu'en bas.

Il donna de petites tapes du plat de la main sur la croupe du bouvillon qui finit par partir au trot comme s'il avait enfin compris le jeu. Mack sourit, c'était drôle comme un gros animal pouvait aider. Son estomac allait s'arranger. Il descendrait et ferait ce qu'il avait à faire. Les bois étaient sombres dans la dernière section plane, à l'endroit où la piste était aussi large qu'un trottoir.

— Allons-y, dit-il et le bouvillon solitaire marcha à pas lourds jusqu'à la prairie du départ de la piste comme s'il portait la nuit et toutes les étoiles sur son vieux dos.

Dans la lumière maintenant différente de la prairie, la bête trotta de plus belle, prenant cent mètres d'avance, puis deux cents, comme si elle avait vu les quatre minuscules lumières de l'épicerie de Crowheart qu'avait repérées Mack au loin, et qu'elle savait exactement où elle devait aller.

La voiture de Vonnie était toujours là à côté de la sienne, toutes portières ouvertes, et Amy était allongée sur la banquette arrière sous le plaid. Vonnie avait ouvert le coffre et se changeait, elle boutonnait une chemise propre lorsque Mack arriva. Il passa à côté d'elle sans parler et ouvrit son vieux pick-up bleu, regrettant de ne pas avoir de chien, quelqu'un qui lui sauterait dans les bras et qu'il serait content de retrouver. Il jeta son sac sur le sol devant le siège passager. Au loin, au-delà de la grande prairie à l'est, des lumières s'allumaient aux divers avant-postes, la planète en pleine transition. Mack s'accroupit, il sortit sa glacière de sous le camion et la posa sur le plateau. C'était toujours comme si on ouvrait un coffre aux trésors, mais pas ce soir.

— Tu veux une bière ? demanda-t-il à Vonnie.

— Je ne sais pas, répondit-elle. Dès qu'Amy se sentira mieux, on va partir.

Elle s'approcha de l'endroit où il se tenait, les yeux baissés vers les steaks, la bière fraîche et la root beer, les tomates sur la clayette. Son bloc de neige carbonique avait presque complètement disparu.

— Toujours la même chose, dit-elle, sauf pour la root beer.

— C'est terriblement bon. Il n'y a pas de compromis dans la root beer. Je vais mettre un feu en route et veiller. Je n'ai aucune raison de me dépêcher de rentrer en ville.

— Donne-m'en une, fit-elle.

Il sortit une grande bouteille de Pacifico de la glacière et l'ouvrit avec son couteau. Il alla jusqu'à l'orée du bois et trouva une pile de branches qu'avaient laissées les derniers randonneurs, il alluma un petit feu et y ajouta du bois. Vonnie partit voir comment allait la fille, puis revint.

— Tu as besoin de ma trousse ? demanda-t-il. Ma trousse de secours.

— Non, on va à l'hôpital.

— Et voir les flics.

— Oui, les flics.

— J'ai tiré sur ce type à 5 heures moins cinq, s'ils veulent savoir. Je serai ici et ensuite, je rentrerai à mon appartement avant midi, demain. Il va geler ici, alors, ils pourront venir le chercher demain. C'est mon poncho jaune juste en dessous de la rivière.

— Je suis désolée, Mack.

— Oh, merde, dit-il. Je suis désolé qu'il t'ait fait du mal. Désolé pour la randonnée. Juste désolé.

Elle était debout à côté de lui, les bras croisés, tenant la bière de la main recouverte de sa manche.

— Ne le sois pas, dit-elle.

— Je vais prendre un chien.

— Tu devrais. Tu peux en avoir un dans cet appartement ?

— Même vingt. En plus, je vais retourner m'installer au ranch. Quitte à être fauché, autant l'être au bon endroit.

— C'est une bonne idée. Qu'est-ce que tu vas prendre ?

— Un berger australien, probablement. Un qui sait lire Keats. Peut-être que je vais prendre quelques hôtes au printemps, ou l'été prochain.

— Vraiment ?

— Je sais comment faire.

— Je sais que tu sais. Tu connais des histoires.

— Je pensais prendre seulement des enfants pendant une semaine ou deux.

Elle lui lança un drôle de regard et dit :

— Fichue bière fraîche.

Vonnie se mit à pleurer debout. Il bougea et la prit dans ses bras.

— Fichue dernière excursion, dit-il. Je suis désolé.

Elle l'entoura de ses bras en sanglotant dans la lueur du feu, et il sentit sa bouche dans son cou en train de dire quelque chose qu'il entendit à peine.

Il y eut un bruit qu'il ne parvint pas à reconnaître, qui devint ensuite le bruit d'un véhicule approchant d'en bas.

— Quelqu'un arrive. Ça pourrait bien être le shérif, dit-il.

— Ce serait bien.

Son feu était parfait, alors il passa un doigt dans sa poche.

— Tiens, ta bague.

Soudain, ils se trouvèrent pris dans les phares tandis que le gros camion arrivait au départ de la piste. Un instant, on eût dit que c'était le shérif, mais le véhicule devint un gros Hummer rouge avec des roues chromées et une rampe lumineuse, semblable à un train de marchandises.

— C'est Kent, dit Mack en lâchant Vonnie. Il a de ces voitures.

Un nuage de poussière s'éleva lorsque le camion s'arrêta à côté d'eux, et les recouvrit pendant que Kent descendait. Il n'avait pas coupé ses phares. Il avança à grands pas dans une autre chemise à un million de dollars quadrillée de bleu et de vert.

— Yvonne, mais où étais-tu passée, bon sang ?

— Je suis là. Le téléphone n'avait plus de batterie et on a eu des ennuis.

— Va au diable, Mack, dit Kent. Espèce de salopard d'ivrogne.

— Eh bien, tu vas droit au but.

— J'ai eu deux heures pour y réfléchir.

— J'ai eu un an, dit Mack.

— Tu as récupéré le trésor de Yarnell ? demanda Kent.

Mack mesura l'homme du regard dans la pénombre du crépuscule. C'était un visage urbain, pétri de viles intrigues, d'affaires, de profits. C'était indubitablement une belle et remarquable chemise. Il se demanda ce qui faisait avancer

Kent. Il venait seulement de comprendre ce qui le faisait avancer, lui. Mack secoua la tête.

— Je crois que tu l'as, dit Kent.

— Mon sac est là, répondit Mack à l'homme. Tu n'as qu'à le prendre.

— On va le prendre, dit-il, et il attrapa le sac de Mack. Charley s'est montré plus malin que l'Agence et plus malin que toi, mais ça, c'est pas très difficile.

Kent souriait. Il pointa un index vers l'endroit où Amy était assise dans la voiture sombre de Vonnie.

— Qui est-ce ?

— On a eu des ennuis, répéta Vonnie.

— Tout va bien, maintenant, lui dit Mack. On est tous sains et saufs. Tu es là.

Kent retourna alors à la grosse voiture et farfouilla sous le siège. Il revint avec un magnifique pistolet argenté, un .44 à canon de huit pouces. Il passa à côté de Mack et Vonnie, leva le pistolet à deux mains et tira en plein milieu de la porte du pick-up de Mack.

Amy poussa un cri.

— Putain ! fit Mack.

L'explosion était encore dans l'air.

— Putain ! Mais t'es taré ou quoi ?

— On y va, Yvonne.

— Il faut que je m'occupe de la fille.

— Emmène-la. On reviendra chercher ta voiture ce week-end.

Kent était retourné au Hummer.

— Espèce de foutu idiot, dit Mack. Putain de… (Il lui manqua un mot.)… d'avocat.

Il marqua une pause puis alla jusqu'à Kent qui s'était redressé sur son siège. La vitre teintée était fermée.

— On est sur les terres de l'État. Je n'ai pas tiré sur ta voiture. J'ai cassé le pare-brise avec un démonte-pneu et j'étais saoul et je t'ai remboursé et j'ai passé plusieurs semaines en prison. Ce que tu viens de faire ne nous met pas à égalité. Cela ne fait rien d'autre que bousiller mon camion. Avec ce trou, j'aurai de la rouille avant dimanche.

— Monte ! hurla Kent à l'intention de Vonnie. Amène-toi !

Elle était en train d'aider Amy.

— On ne peut pas, Kent. Je vais descendre en voiture. Tout va bien, maintenant.

Mack s'approcha de Vonnie et de sa voiture.

— C'était à cause du ranch, cet argent. C'est pour ça que j'ai accepté le job de Yarnell.

Il alla jusqu'au feu et l'attisa. La bouteille de bière de Vonnie était posée dans la terre. Il était rentré en lui-même du mieux qu'il pouvait.

— Va à l'hôpital, lui dit-il de là où il se trouvait.

Kent manœuvrait l'énorme voiture et ses phares trouaient violemment l'espace. Puis Mack disjoncta. Il ressentit comme un claquement sous son sternum, la journée lui revint d'un coup et il vit le jeune cavalier exploser et tomber de cheval en arrière, et sa gorge s'obstrua. Il se mit à courir vers la voiture rouge de Kent.

— Mack, fit Vonnie. Mon Dieu.

Il tenait une pierre de rivière dans sa main, grosse comme un pamplemousse, et tout en courant il la brandit et la jeta de toutes ses forces contre la vitre de Kent. Elle rebondit et ricocha sur le sol en lui brûlant la main.

— Merde !

Kent fit un bond en avant, le monstre dévalant la route rocailleuse sur quinze mètres avant de s'arrêter à nouveau, dix lumières rouges dans la poussière grouillante.

— Il a un pistolet, dit Vonnie.

Mais Mack avait repris sa pierre et il courait.

— Mack !

Le Hummer vrombit et démarra en trombe, trop vite, il passa le col, plus qu'une lueur dans la nuit glaciale. Mack laissa tomber la pierre et continua à courir. Depuis la crête, il vit les points lumineux descendre la route de terre. À un moment, les feux de stop s'allumèrent et Mack vit Kent faire une embardée pour éviter le bouvillon. Il resta là en expirant de grands panaches qui fusaient dans l'air. Il détestait courir et il avait fallu qu'il le fasse. Les étoiles étaient sorties au grand complet, et dans le ciel grand ouvert il vit la bande fumeuse de la Voie lactée allant jusqu'au Canada. Lorsqu'il revint au départ de la piste, il trouva les deux femmes assises dans la voiture fermée de Vonnie. Le moteur tournait, et Vonnie descendit sa vitre.

Son visage était bizarre, décomposé.

— Je ne peux pas conduire, dit-elle. Je croyais que je pouvais. Descends-nous.

Mack descendit à la rivière avec le seau qu'il avait pris à l'arrière de son pick-up et éteignit les braises de son feu. Il attrapa son sac, ferma son camion. Il fit asseoir les deux femmes à l'arrière de la Lexus de Vonnie, sous la couverture, et manœuvra prudemment la voiture neuve en direction de l'autoroute.

Ils prirent la direction du sud, vers Lander. Ils passèrent à côté de l'épicerie de Crowheart, de la lumière de la cour et de celle du porche.

— Ils ont des sorbets en bâton dans le congélateur de devant, dit-il. J'aimerais bien un sorbet en bâton. Ils sont difficiles à trouver.

La réserve indienne était plongée dans les ténèbres. De temps en temps, ils passaient devant un ranch dont la lumière extérieure éclairait les deux camions et le panneau de basket.

— Tu étais au courant que je cherchais l'avion, le truc de Yarnell ? demanda Mack.

— Ne parlons pas, Mack. La moitié du temps, tu ne sais pas ce que tu fais. Ne parlons pas.

Dix minutes plus tard, Vonnie dit :

— Tu aurais une histoire ? Celle d'Hiram et d'Amateur ?

— Oui, fit-il, et il commença : C'est l'histoire d'un homme qui était incompris…

Ils semblaient bien loin des montagnes, dans la nuit. Il raconta l'histoire sur l'autoroute déserte.

Dans l'histoire de ce soir-là, Mack raconta qu'Hiram Corazon travaillait avec les oies sauvages tout en veillant sur l'amour qu'il avait dans son cœur pour Lucinda Amateur. Mack conduisait et parlait dans la voiture silencieuse, comme s'il s'adressait aux champs et aux ranchs plongés dans la nuit. Un vilain complot était ourdi dans les ateliers de couture, dit-il, et ce vilain complot consistait à utiliser moins de duvet d'oie dans les édredons. C'était une sorte de plaisir pour Mack que de dire les mots à mesure que l'histoire se dévidait. Rapidement, dans son histoire, l'avide directeur adjoint de l'institut des édredons se trouva impliqué dans une intrigue compliquée, un complot à sept couches, toutes secrètes, dont les chuchotements furent surpris par les oies elles-mêmes, qui avaient des difficultés à expliquer leur histoire à Hiram à cause de la barrière de la langue. Elles appelaient et chuchotaient, mais elles parlaient comme des oies et il ne pouvait comprendre qu'une partie à la fois. Lentement, cet épisode occupa plusieurs kilomètres de route, Hiram commença à comprendre ce que les oies lui racontaient et une fois qu'il comprit ce qui était en train de se passer, il en parla aux villageois, mais ils ne le crurent pas, pas du tout, et il fut chassé du village et considéré comme fou et dangereux, et il se mit à errer dans la forêt à la recherche d'un cœur qui battait.

Vonnie l'interrompit alors et dit :

— On a trouvé son canoë une fois

— Il est toujours dans les montagnes, le seul canoë des Winds.

Mack entendait à sa voix à quel point il était fatigué. Il parlait et se sentait perdre le fil de l'histoire à mesure qu'il parlait, même si les mots tombaient toujours, et il pensa à Chester et à l'angle que faisait sa nuque dans l'éclat aveuglant du soleil d'altitude. Il se souvint de son ami lui disant un jour : "Mack, tu as réussi à rester un cow-boy plus longtemps que la plupart d'entre nous. Et tu es le seul gars qui ait une chance de le redevenir."

Il avait cessé de raconter l'histoire et ils roulèrent en silence jusqu'à ce qu'Amy demande :

— Et Lucinda ?

— C'est tout, dit Mack.

Et il parla d'Hiram essayant de trouver un moyen de parler à sa bien-aimée du mauvais complot, et il finit par expliquer toute l'intrigue à Lucinda grâce à un code secret qu'il insérait dans les chansons qu'il chantait sous sa fenêtre après que ses gardiens s'étaient endormis sous leurs épais édredons de plume.

— Il ressemblait à quoi ? demanda Vonnie.

— À un code secret caché dans un morceau de musique, dit-il. Tu es diplômée en musique, tu comprends. Bref, Hiram avait appris à jouer de la guitare et il se tenait sous sa fenêtre comme il faut. Chaque nuit, c'était la sérénade. Il chantait les chansons une phrase à la fois, certaines phrases étaient extraites de Shelley, d'autres de Keats.

Mack connaissait le pays sombre à travers lequel il conduisait les deux femmes. Il savait qu'elles dormaient, mais il parlait malgré tout et se racontait l'histoire à lui-même. Hiram Corazon jouait de la guitare alors même qu'il n'avait jamais étudié la musique. L'histoire comportait des comparaisons pointues et révélatrices entre les édredons purs et les couvertures falsifiées qui non seulement n'étaient pas chaudes mais grattaient épouvantablement.

— Elles étaient grattogènes, dit Mack.

— Ce n'est pas un mot, ça, fit Vonnie.

Cela faisait presque une heure qu'ils roulaient, et ils entraient dans la ville.

— C'est un mot et une affection. Ces édredons servaient de tapis de selle pour les rhinocéros. Elles ne grattaient pas les rhinocéros.

Amy avait dormi et elle dit :

— Des selles de rhinocéros.

— C'est la fin, dit Mack. Et voilà pour l'histoire.

Aux urgences de Lander, il trouva un fauteuil roulant et aida Amy à s'y installer. Vonnie alla au comptoir. L'infirmière appela un médecin et la police. C'était très étrange d'être à l'intérieur, pour eux tous, et Mack dit, pendant qu'ils attendaient :

— Eh bien, c'est drôlement éclairé, ici.

Les magazines étaient posés sur les tables en plastique et, pour une raison inconnue, il leur trouvait l'air méchant. Mack alla dans les toilettes des hommes et se lava deux fois les mains avec le puissant savon, puis son visage, jusqu'à ses cheveux, et il se sécha avec les essuie-mains en papier rêche avant d'essuyer le lavabo. Il s'assit pour attendre. Il était 10 heures et demie.

Il leur fallut toute la nuit. Mack parla à la police pendant une heure dans un bureau qu'on leur avait prêté, puis il les accompagna au poste avec l'adjoint, un type du nom de Bradham. Il passa là-bas deux heures à boire un café épouvantable et à raconter toute l'histoire. Il remplit le rapport et signa quatre documents, promettant par l'un d'entre eux qu'il ne quitterait pas l'État. Il y eut des tests et des examens, et ils découvrirent un gros hématome violet sous le coude de Mack, qu'il ne se souvenait pas avoir reçu. Une infirmière lui nettoya les oreilles et mit une goutte de quelque chose dans chacune, ce qui les fit grésiller un instant, puis elle lui donna un petit tube blanc. Mack apporta les vêtements de rechange qu'il avait été chercher dans le coffre de Vonnie, et elle finit par revenir, portant ses mocassins et un pantalon de pyjama à carreaux orange dont il se souvenait et un sweat-shirt marqué UNC avec une vieille écharpe rouge qu'elle avait toujours eue, puis elle plia une tenue dans la chambre d'Amy. Ils allaient la garder une journée, et ses parents venaient de Missoula la rejoindre. Amy était réveillée et elle avait bonne mine, l'air presque heureuse en fait, quand ils entrèrent pour la voir.

— Je vais bien, mais je suis fatiguée. Je vais pouvoir m'en sortir. Vous vous appelez Mack.

— Salut.

— Donc le type, il ne faisait qu'écouter le cœur des gens dans l'espoir de retrouver le sien ?

— C'est ça.

— Et du coup, ils pensaient qu'il était cannibale ?

— Il leur faisait peur quand il arrivait dans leur campement, dit Mack. Il est toujours là-haut, dans les Winds, en train de chercher.

— Ouah, dit-elle. C'est une bonne histoire.

— Juste pour que tes parents sachent, dit Mack. Tu es partie de Dubois et revenue au départ de la piste à Cold Creek, et tiens, ça, c'est mon numéro de téléphone s'ils veulent me parler.

Mack quitta la chambre un instant pour que Vonnie puisse parler à la jeune femme. Il sortit et gratta son pare-brise pour la première fois cette saison. C'était la première attaque de l'hiver. Une minute plus tard, il avança la voiture devant la porte des urgences et Vonnie monta.

— Je pensais qu'ils allaient te garder, dit-il.

Il lui prit la main et la posa sur son épaule.

— On s'est fait tabasser. C'est la pire chose que j'aie jamais vécue, mais ils étaient défoncés et je les ai trompés, tous les deux.

Sa mâchoire était serrée et son regard limpide et glacial.

— Je suis fatiguée, mais ça va. Tu es parti sur mes traces, c'est ça ?

— J'ai trouvé ta canne à pêche, ta bague.

— Une aiguille dans une botte de foin.

— Notre botte de foin.

Elle ne releva pas et ajouta.

— Tu veux qu'on retourne chercher ton pick-up ?

— Ouais, on peut faire ça. Il vaudrait mieux, avant que tout soit bloqué par la neige. Mais je veux d'abord qu'on se fasse un gros petit déjeuner, puisqu'on est en ville.

— Des œufs.

— Une omelette aux épinards, avec du pain de seigle grillé et des pommes de terre et peut-être un petit steak. Quelque chose qui remplit toute l'assiette.

— Je sais où aller.

— Montre-moi, dit-il. J'ai de l'argent sur moi.

Remerciements

Ceci est une œuvre de fiction. Ni les événements, ni les personnes ne sont réels. Certains noms de lieux, de montagnes ou de poissons le sont, mais je les ai déplacés dans le cours de l'histoire. J'ai aussi donné aux poissons une taille plus importante que dans la réalité. C'est l'espoir qui m'a motivé, une composante essentielle quand on est un conteur.

Je souhaite remercier Roger Day qui m'a montré son exemplaire annoté du merveilleux livre de Finis Mitchell, *Wind River Trails*, et les montagnes elles-mêmes. Une précision : si je devais partir pour les Wind Rivers aujourd'hui, j'emprunterais la piste de Bears Ears et j'irais avant le 10 septembre.

J'ai écrit ce livre en octobre, à Ucross, et je voudrais exprimer toute ma reconnaissance à l'Ucross Foundation, à Sharon Dynak en particulier et à tous ses membres. Je remercie également mon amie Michelle Latiolais.

TABLE

Collection Nature Writing

Edward Abbey
Désert solitaire
Un fou ordinaire

Rick Bass
Le Livre de Yaak

Ron Carlson
Le Signal

Kathleen Dean Moore
Petit traité de philosophie naturelle

Gerald Durrel
Ma famille et autres animaux

Pete Fromm
Indian Creek
Avant la nuit

John Gierach
Traité du zen et de l'art de la pêche à la mouche
Truites & Cie

John Haines
Vingt-cinq ans de solitude

Robert Hunter
Les Combattants de l'Arc-en-Ciel

Howard McCord
L'homme qui marchait sur la Lune

John McPhee
Rencontres avec l'Archidruide

Doug Peacock
Une guerre dans la tête

Rob Schultheis
L'Or des fous
Sortilèges de l'Ouest

Alan Tennant
En vol

David Vann
Sukkwan Island

John D. Voelker
Itinéraire d'un pêcheur à la mouche
Testament d'un pêcheur à la mouche

Collection Noire

Edward Abbey
Le Gang de la Clef à Molette
Le Retour du Gang de la Clef à Molette
Le Feu sur la montagne

Craig Johnson
Little Bird
Le Camp des Morts

William G. Tapply
Dérive sanglante
Casco Bay
Dark Tiger

Jim Tenuto
La Rivière de sang

Trevanian
La Sanction
L'Expert
Shibumi

Collection Americana

Viken Berberian
Das Kapital

Tom Robbins
Comme la grenouille sur son nénuphar
Une bien étrange attraction

Terry Southern
Texas Marijuana et autres saveurs

Mark Sundeen
Le Making Of de "Toro"

Stephen Wright
Méditations en vert

Cet ouvrage a été imprimé sur du papier
dont les fibres de bois proviennent
de forêts durablement gérées

COMPOSÉ PAR ATLANT'COMMUNICATION
AU BERNARD (VENDÉE)
ET ACHEVÉ D'IMPRIMER
PAR L'IMPRIMERIE FLOCH À MAYENNE
EN JANVIER 2011
POUR LE COMPTE DES ÉDITIONS GALLMEISTER
14, RUE DU REGARD
PARIS 6e

DÉPÔT LÉGAL : NOVEMBRE 2010
3e ÉDITION
N° D'IMPRESSION : 78687
IMPRIMÉ EN FRANCE